Learn Spanish with Ghost Stories

Spanish A2 Reader

Brian Smith

Spanish Graded Readers

For more books and E-book options visit:

www.briansmith.de

La Lámpara Traviesa

El Descubrimiento

Marta caminaba entre los puestos del mercadillo cuando algo captó su atención: una vieja lámpara de aceite con un diseño antiguo y único.

—Qué bonita. Será perfecta para mi habitación —se dijo a sí misma y decidió comprarla.

Al llegar a casa, comenzó a frotar la lámpara para limpiarla y, para su sorpresa, ¡un fantasma apareció de repente!

—¡Vaya! No me esperaba esto —exclamó Marta, retrocediendo un paso.

—Soy el espíritu de la lámpara y puedo concederte tres deseos —dijo el fantasma con una voz etérea.

Recordando la historia de Aladino, Marta se sintió emocionada por las posibilidades.

—Mi primer deseo es tener siempre dinero en mi bolsillo —pidió con una sonrisa.

El fantasma asintió y, al instante, el bolsillo de Marta se llenó de monedas de bajo valor.

—Esto no es exactamente lo que esperaba. ¡Ahora tengo que cargar con tanto peso! —Marta frunció el ceño, decepcionada.

—Debes ser más específica con tus deseos —le advirtió el fantasma, ocultando una sonrisa maliciosa.

Marta se dio cuenta de que el fantasma era bastante travieso y que sus deseos podrían no salir como esperaba.

—Tendré que pensar muy bien en mis próximos deseos —murmuró, contemplando la lámpara con cautela.

El fantasma flotaba cerca, anticipando con diversión las próximas elecciones de Marta.

—Bien, veamos qué se te ocurre esta vez —dijo el espíritu de la lámpara, preparándose para más travesuras.

Marta se sentó, pensativa, con la lámpara en sus manos. Sabía que tenía que ser astuta si quería que sus deseos se cumplieran sin consecuencias no deseadas.

—Mi siguiente deseo tiene que ser perfecto —susurró para sí, mientras el fantasma la observaba con curiosidad.

- aceite - oil
- al instante - instantly
- asintió - nodded
- cautela - caution
- decepcionada - disappointed
- diversión - fun
- etérea - ethereal
- eterno - eternal
- frotar - to rub
- maliciosa - mischievous
- monedas - coins
- puestos - stalls
- retrocediendo - stepping back
- sorpresa - surprise
- específica - specific
- travieso - mischievous
- ventaja - advantage

El Primer Problema

Después del primer encuentro con el fantasma, Marta estaba lista para su segundo deseo.

—Quiero ser la estudiante más inteligente de mi clase —dijo con confianza.

El fantasma sonrió y, con un movimiento de su mano, el deseo fue concedido. Sin embargo, pronto Marta descubrió un problema.

En clase, cuando explicaba sus respuestas, nadie, ni siquiera los profesores, podía entenderla.

—¿Pero qué dices, Marta? No tiene sentido —dijo un profesor, confundido.

Marta se sintió frustrada y sola. Era inteligente, pero su inteligencia la había aislado.

—Esto no es lo que quería —murmuró para sí.

—Lo siento, no puedo revertir los deseos —dijo el fantasma cuando Marta le pidió ayuda.

Dándose cuenta de que estaba atrapada en esta situación, Marta buscó maneras de simplificar sus explicaciones, pero aún así, era difícil.

El fantasma la observaba, entretenido por las complicaciones que había creado.

—No puedo creer esto. Debe haber una manera de arreglarlo —Marta se dijo, más decidida que nunca.

Se esforzó por ser más humilde y pedir ayuda cuando era necesario, aprendiendo a adaptar su comunicación.

Poco a poco, comenzó a encontrar formas de hacerse entender mejor por sus compañeros y profesores.

—Marta, últimamente te entiendo mucho mejor. Has mejorado mucho en explicar tus ideas —comentó un compañero.

Sus relaciones con los demás empezaron a mejorar, y Marta se dio cuenta de la importancia de ser clara y específica en sus deseos.

—He aprendido mi lección. Tengo que ser muy cuidadosa con lo que deseo —dijo Marta al fantasma, quien simplemente sonrió, esperando ver qué desearía a continuación.

* concedido - granted
* confianza - confidence
* confundido - confused
* darse cuenta - to realize
* decidida – determined
* entender - to understand

- entretenido - entertained
- frustrada - frustrated
- humilde - humble
- mejorado - improved
- murmuró - murmured
- pedir ayuda - to ask for help
- pronto - soon
- relaciones - relationships
- revertir - to reverse
- situación - situation
- último - last

Un Deseo Equivocado

Después de sus aventuras previas, Marta se siente lista para un deseo más personal.

—Deseo encontrar el amor verdadero —dice Marta, soñando con complementar su vida.

El fantasma, con una sonrisa astuta, hace aparecer a un chico que parece ser el compañero perfecto para Marta.

—Parece perfecto —susurra Marta emocionada, al conocerlo.

Pero no pasa mucho tiempo antes de que Marta descubra que el chico es extremadamente posesivo y celoso.

—No puedes hablar con nadie más que no sea yo —le dice el chico, haciendo que Marta se sienta atrapada y asfixiada.

Cada vez que intenta alejarse, el chico encuentra la manera de volver a su vida, ignorando los deseos de Marta.

—Recuerda, fue tu deseo —le recuerda el fantasma, mirándola con una expresión indescifrable.

Marta se da cuenta de su error. —El amor verdadero no se puede forzar —murmura, decidida a cambiar su situación.

Ella busca el apoyo de sus amigos, quienes la ayudan a ver su propio valor y a establecer límites claros.

Con su ayuda, Marta logra finalmente liberarse de la relación tóxica, aprendiendo la importancia de ser específica y cuidadosa con sus deseos.

—He aprendido mucho sobre mí misma a través de esto —dice Marta, agradecida por el apoyo de sus amigos.

El fantasma, observándola, no puede evitar sentir admiración por su crecimiento y determinación.

Marta encuentra consuelo y fortaleza en la amistad y el apoyo de quienes la rodean, prometiéndose a sí misma ser más cuidadosa con sus futuros deseos.

—Mi próximo deseo será algo que definitivamente no tenga consecuencias negativas —se promete Marta, reflexionando sobre la importancia de la independencia y la autoestima.

Con esta nueva lección aprendida, Marta se prepara para su próximo deseo, más sabia y consciente del poder de las palabras y los deseos.

- agradecida - grateful
- asfixiada - suffocated
- celoso - jealous
- complementar - to complement
- consuelo - consolation
- crecimiento - growth
- definitivamente - definitely
- forzar - to force
- indescifrable - indecipherable
- posesivo - possessive
- prometiéndose - promising oneself
- reflexionando - reflecting
- rodean - surround
- sabia - wise
- tóxica - toxic
- valor - value
- verdadero - true

La Maldición del Éxito

Marta se sienta frente al fantasma, reflexionando sobre su próximo deseo.

—Quiero tener éxito en todo lo que emprenda —dice con una sonrisa.

El fantasma asiente y, con un gesto, concede su deseo. Pronto, Marta comienza a notar cambios: todo lo que intenta lo logra con una facilidad asombrosa.

—Es increíble, estoy logrando todo lo que quiero —comenta Marta emocionada.

Pero el éxito trae consigo consecuencias inesperadas. Sus amigos comienzan a envidiarla y a distanciarse.

—¿Por qué se alejan? —se pregunta Marta, sintiéndose sola a pesar de sus logros.

Además, el éxito instantáneo le deja un vacío, al no sentir que realmente se ha esforzado por sus logros.

—No es lo mismo cuando todo se consigue sin esfuerzo —confiesa a su fiel pero travieso fantasma.

Intenta deshacerse de sus logros, pero el fantasma le recuerda las reglas.

—Es tu deseo. No puedo anularlo —dice con una sonrisa pícara.

Marta decide entonces usar su éxito para el bien de los demás, iniciando proyectos que benefician a la comunidad.

—Si no puedo deshacerme de este éxito, al menos lo usaré para ayudar —dice decidida.

Aunque sigue enfrentando envidia, Marta no se da por vencida y continúa trabajando por el bien común.

El fantasma, observando desde las sombras, no puede evitar sentirse impresionado por la determinación de Marta.

—Has aprendido una valiosa lección —comenta el espíritu.

Marta finalmente comprende que el verdadero éxito es aquel que se comparte y se logra con esfuerzo y dedicación.

—Gracias por esta lección, aunque haya sido dura —le agradece a su compañero fantasmal.

Preparándose para su próximo deseo, Marta reflexiona sobre lo aprendido, decidida a hacer deseos que no solo la beneficien a ella, sino también a los demás.

- alejan - they distance
- asombrosa - astonishing
- benefician - benefit
- compañero - companion
- confiesa - confesses
- consigo - with it
- dura - tough
- esfuerzo - effort
- fiel - loyal
- iniciando - initiating
- pícara - mischievous
- reglas - rules
- sombras - shadows
- travieso - mischievous
- vacío - emptiness
- verdadero - true
- vencida - defeated

Un Deseo por los Demás

Marta se encuentra frente al fantasma, pensativa sobre su próximo deseo.

—Quiero que el hambre y la pobreza terminen en nuestra ciudad —expresa con determinación.

El fantasma, como siempre, concede su deseo, pero Marta pronto se da cuenta de las repercusiones.

—Los recursos de otras ciudades están disminuyendo... ¿Qué hemos hecho? —se preocupa Marta al ver el impacto negativo de su deseo.

Pronto se da cuenta de las consecuencias globales de su acción y se compromete a encontrar una solución que beneficie a todos.

—Debemos ayudar a todas las comunidades, no solo a la nuestra —concluye decidida.

Con ese objetivo en mente, Marta organiza eventos de recaudación de fondos y campañas de concienciación para abordar el problema en una escala más amplia.

—¡Debemos unirnos para resolver esto juntos! —exclama Marta, inspirando a otros a unirse a su causa.

El fantasma observa orgulloso cómo Marta lidera el cambio y trabaja incansablemente para encontrar un equilibrio justo.

—Has aprendido mucho, Marta. Tu determinación está cambiando el mundo —comenta el fantasma, reconociendo su crecimiento.

Marta comprende la interconexión del mundo y la importancia de pensar en el bien común.

—Gracias por esta lección. Ahora, mi próximo deseo será por algo más —dice con gratitud.

El fantasma, impresionado por su evolución, le ofrece un último deseo sin trampas.

—Deseo la sabiduría para tomar siempre las decisiones correctas —expresa Marta con humildad.

El fantasma concede su deseo sin efectos secundarios, reconociendo el crecimiento y la sabiduría de Marta.

Con su nueva sabiduría, Marta continúa ayudando a su comunidad y a sí misma de maneras que nunca imaginó.

—Ha sido un honor ayudarte en tu camino, Marta. Ahora, te dejo con una última reflexión sobre el poder y la responsabilidad de desear —dice el fantasma, despidiéndose con orgullo.

Marta mira hacia el futuro, lista para usar su sabiduría para el bien, consciente de que las mejores intenciones pueden tener resultados inesperados.

* abordar - to address
* equilibrio - balance
* escala - scale
* evolución - evolution
* gratitud - gratitude
* humildad - humility
* impacto – impact
* inspirando - inspiring
* interconexión - interconnectedness
* lidera - leads
* recursos - resources
* reflexión - reflection
* responsabilidad - responsibility
* secundarios - side effects
* trampas - traps
* unirnos - to unite
* unirse - to join

El Final Inesperado

Marta se encuentra en su hogar, reflexionando sobre el último deseo que concedió el fantasma.

—Me siento en paz y satisfecha con mi sabiduría recién adquirida —dice para sí misma, mirando la lámpara vacía.

Sin embargo, la ausencia del fantasma deja un vacío en su corazón que no esperaba.

—A pesar de todo, aprendí mucho de él —reflexiona Marta, recordando las travesuras y lecciones del fantasma.

Intenta invocarlo una vez más, pero el silencio le responde.

—Parece que se ha ido para siempre —susurra con melancolía.

Decide vivir una vida que refleje las enseñanzas del fantasma, pero una noche, un sueño inquietante interrumpe su calma.

—¡Marta, prepárate! —escucha la voz del fantasma en su sueño, advirtiéndole sobre un nuevo desafío.

Al despertar, se encuentra con que su ciudad está en caos debido a un desastre natural imprevisto.

—¡Tenemos que actuar rápidamente! —exclama Marta, liderando los esfuerzos de recuperación.

Con su sabiduría y recursos, se convierte en la líder que su ciudad necesita, inspirando a otros con su coraje y determinación.

—¡Juntos, podemos reconstruir nuestra ciudad más fuerte que nunca! —anima a los ciudadanos, trabajando incansablemente para alcanzar ese objetivo.

Marta comprende que el verdadero poder reside en la acción y la voluntad humana, no en los deseos.

—El legado del fantasma vive en las buenas acciones que realizo —murmura, recordando las lecciones aprendidas.

A medida que supera cada desafío, se fortalece, sabiendo que tiene la capacidad de enfrentar cualquier obstáculo por sí misma.

El fantasma la observa desde lejos, orgulloso de haber sido su último maestro.

Marta mira hacia el futuro con esperanza, entendiendo que la verdadera felicidad viene de superar desafíos y ayudar a los demás, cerrando así esta historia con un final agridulce pero lleno de promesas de un mañana mejor.

- adquirida - acquired

- agridulce - bittersweet
- ausencia - absence
- caos - chaos
- cerrando - closing
- fortalece - strengthens
- inquietante - unsettling
- lecciones - lessons
- legado - legacy
- melancolía - melancholy
- promesas - promises
- reconstruir - to rebuild
- recuperación - recovery
- responde - responds
- vacío - void
- vivir - to live
- voluntad - will

Susurros en la Tormenta

La Tormenta

Juan, un vagabundo con la mirada perdida en el horizonte, camina lentamente por el campo. El cielo, antes azul y claro, se va cubriendo de nubes negras, presagio de una tormenta inminente. El viento comienza a soplar con fuerza, y las primeras gotas de lluvia empiezan a caer, frías y pesadas.

"Se avecina una gran tormenta," murmura Juan para sí, mientras observa cómo las nubes oscurecen el cielo.

Con cada trueno que retumba en la lejanía, Juan acelera el paso, consciente de la necesidad de encontrar un refugio. En la distancia, vislumbra una estructura grande, una casa abandonada que parece prometer algún resguardo contra la furia del clima.

"Esa casa podría protegerme de la lluvia," piensa, dirigiéndose hacia ella con una mezcla de esperanza y cautela.

Al llegar, nota que la puerta está entreabierta, invitándolo o quizás desafiándolo a entrar. "¿Hola? ¿Hay alguien aquí?" pregunta al cruzar el umbral, su voz resonando en el vasto vacío de la entrada. Solo el sonido de la tormenta le responde, con un estruendo que parece burlarse de su situación.

Explorando la casa, encuentra una sala con una chimenea. "Esto servirá," se dice, intentando encender un fuego con unos pedazos de madera que yacen abandonados. "Al menos estaré seco y caliente," piensa, mientras las llamas comienzan a crepitar, ofreciéndole un pequeño consuelo en medio del caos de la tormenta.

La lluvia golpea las ventanas con furia, como si intentara entrar. Juan se sienta cerca del fuego, abrazando sus rodillas, mirando las llamas danzar. En el silencio de la casa, solo interrumpido por el rugir de la tormenta, Juan no puede evitar sentirse pequeño y vulnerable. Pero también siente algo más, una sensación inexplicable de que no está completamente solo. Quizás sean solo los susurros del viento, o quizás, solo quizás, algo o alguien en la casa esté despertando.

- acelerar - to accelerate
- caos - chaos
- crepitar - to crackle
- despertando - awakening
- dirigiéndose - heading
- estruendo - roar
- furia - fury
- interrumpido - interrupted
- lejanía - distance
- mezcla - mixture
- presagio - omen
- prometer - to promise
- refugio - shelter
- resonando - resonating
- resguardo - shelter
- vasto - vast
- vigilante - vigilant

Primeros Ruidos

Juan, ya un poco más cálido gracias al fuego de la chimenea, se acomoda en el suelo. La casa está en silencio, salvo por el ruido de la lluvia y el viento afuera. De repente, escucha algo... un crujido, un susurro casi, que parece venir de las profundidades de la casa.

"Debe ser la tormenta," se dice a sí mismo, intentando convencerse. Pero el ruido persiste, un quejido sutil, casi como si alguien caminara por un piso viejo.

Curioso y un poco preocupado, Juan se levanta. "Voy a ver qué es," murmura, aunque en el fondo, preferiría quedarse cerca del fuego.

Encuentra dos caminos: uno que lleva al sótano y otro al segundo piso. Justo cuando decide qué camino tomar, un ruido fuerte, como de algo que cae, viene del sótano. Juan siente un escalofrío. "No, mejor no bajo ahí," decide, sintiendo el instinto de protegerse.

Así, sube las escaleras al segundo piso, los ruidos se vuelven más fuertes, más claros. Mientras avanza, ve sombras que se mueven rápido por las paredes. "¿Quién está ahí?" pregunta, su voz temblorosa.

De repente, una puerta se cierra de golpe detrás de él. Juan da un salto, girándose rápidamente hacia el sonido. "Esto no me gusta," dice en voz alta, su corazón latiendo rápido. Sin pensarlo dos veces, corre de regreso a la seguridad de la habitación con la chimenea.

Al llegar, nota que la temperatura en la casa ha bajado. "¿Cómo es posible?" se pregunta, sintiendo el frío penetrar sus huesos. Un pensamiento se cuela en su mente, uno que no había considerado seriamente hasta ahora: "No estoy solo en esta casa."

Juan se sienta cerca del fuego, tratando de calentarse, pero el calor del fuego ya no parece suficiente. "¿Qué está pasando aquí?" se pregunta, mirando a su alrededor, esperando ver algo o a alguien. Pero solo está él, el fuego, y la sensación cada vez más fuerte de que algo o alguien más comparte el espacio con él.

- acomoda - settles
- ahí - there
- calidez - warmth
- caer - to fall
- convencerse - to convince oneself
- crujido - creak
- decidir - to decide
- huesos - bones
- instinto - instinct
- penetrar - to penetrate
- preferiría - would prefer
- quejido - groan
- ruido - noise

- salto - jump
- sensación - sensation
- serio - serious
- temblorosa - trembling

Apariciones

Juan intenta calmarse después de los sustos que ha tenido. "Tengo que pensar. Tiene que haber una explicación lógica para todo esto," se dice a sí mismo. Pero justo entonces, escucha pasos en el pasillo, fuera de la habitación donde está. Mira hacia la puerta y ve una sombra oscura deslizándose por debajo.

La puerta, como respondiendo a una invitación silenciosa, comienza a abrirse lentamente por sí sola. Juan, con el corazón en la boca, retrocede y busca un lugar donde esconderse. Encuentra un viejo armario y se mete detrás, apenas respirando.

A través de una rendija, observa. Una figura, tenue y brillante, aparece en la puerta. Es una mujer, o al menos, lo parece, pero su forma es etérea, casi transparente. La figura mira alrededor, como buscando algo... o a alguien.

Después de unos momentos que a Juan le parecen eternos, la figura fantasmal se desvanece como si nunca hubiera estado allí. Juan, aún temblando, sale de su escondite. "Necesito respuestas," se promete, decidido a entender lo que está sucediendo.

Comienza a buscar por la casa, abriendo cajones, mirando en viejos baúles, hasta que en una habitación, encuentra un diario antiguo. Lo abre con manos temblorosas y empieza a leer. El diario pertenecía a alguien de la familia que una vez vivió aquí. Habla de su vida diaria, pero también menciona una tragedia que cambió todo.

Según el diario, la mujer que vio era la madre de la familia, y estaba buscando a su hijo perdido. Al leer esto, Juan siente una oleada de compasión por el espíritu. "Ella solo quiere encontrar a su hijo," murmura, sintiéndose conectado con la historia de esta familia.

Decidido a ayudar de alguna manera, Juan se propone descubrir más sobre lo que pasó con el hijo y ver si hay alguna manera de reunir a estos espíritus. "Tal vez así puedan descansar," piensa. Sin saberlo, Juan está a punto de adentrarse aún más en el misterio de la casa y sus antiguos habitantes.

- adentrarse - to delve into
- brillante - bright
- compasión - compassion
- desvanecerse - to fade away
- diario - diary
- etérea - ethereal
- figura - figure
- habitantes - inhabitants
- manos - hands
- oleada - wave
- pasillo - hallway
- rendija - slit
- respuestas - answers
- temblando - trembling
- temblorosas - trembling
- tragedia - tragedy
- transparente - transparent

La Búsqueda

Después de leer el diario, Juan decide que quiere ayudar al espíritu de la mujer a encontrar paz. "Quizás si encuentro a su hijo, ellos pueden estar juntos de nuevo," piensa. Se pone a buscar más información en el diario sobre la familia y descubre una foto desgastada por el tiempo. Es una imagen de la mujer y un niño pequeño, sonriendo felices. Juan siente una conexión instantánea y un deseo aún más fuerte de ayudarlos.

Mientras guarda la foto en su bolsillo, escucha de nuevo los pasos misteriosos. Esta vez, en lugar de esconderse, decide seguir el sonido. Los pasos lo guían a través de los pasillos oscuros hasta una puerta cerrada. Intenta abrirla, pero está cerrada. Sin dudarlo mucho, empuja la puerta con fuerza hasta que cede y se abre.

Dentro de la habitación, encuentra un espacio lleno de juguetes antiguos. Hay pelotas, muñecas de trapo, y pequeños coches de madera esparcidos por el suelo. En el centro de todo, ve el espíritu de un niño sentado en el suelo, jugando.

"¿Hola? ¿Eres tú el hijo de la señora del retrato?" pregunta Juan, su voz suave pero firme.

El niño levanta la vista y lo mira directamente, pero no responde. Hay una tristeza en sus ojos que a Juan le parte el corazón.

Sacando la foto de su bolsillo, Juan se acerca y la coloca suavemente en el suelo, cerca del niño. "Mira, encontré esta foto. ¿Es tu mamá, verdad? Ella te está buscando."

En ese momento, la atmósfera de la habitación cambia. La figura de la mujer aparece de nuevo, esta vez más clara, como si la presencia de Juan y la foto del niño la hubieran llamado. El niño se gira hacia ella, y en sus ojos se enciende una chispa de reconocimiento.

Juan retrocede, dándoles espacio. Observa, casi sin respirar, como madre e hijo se acercan el uno al otro. Cuando se tocan, una luz suave envuelve la habitación, y una sensación de paz inunda el espacio. Es un momento mágico, fuera del tiempo y del espacio.

Después de unos instantes, las figuras de la madre y el hijo se desvanecen, dejando la habitación en silencio, pero ya no es un silencio vacío. Es un silencio lleno de paz y de final.

Juan se queda ahí, solo, sintiéndose extrañamente reconfortado. "Espero que hayan encontrado la paz que buscaban," murmura, saliendo de la habitación con un sentimiento de haber hecho algo bueno, algo importante.

- cede - gives way
- chispa - spark

- desvanecen - they fade away
- esparcidos - scattered
- fuera - outside
- lleno - full
- magico - magical
- muñecas - dolls
- reconocimiento - recognition
- retrato - portrait
- sensación - sensation
- suavemente - gently
- suelta - lets out
- tocan - they touch
- tristeza - sadness
- vacío - empty
- vez - time (instance)

La Calma Antes de la Tormenta

Tras la desaparición de los espíritus, Juan se queda en la habitación, sintiendo una mezcla de alivio y satisfacción. "He hecho algo bueno hoy," piensa, mientras observa el espacio vacío que ahora parece más acogedor que nunca.

Con la tormenta aún rugiendo fuera, decide que lo mejor es quedarse en la casa hasta que amaine. De alguna manera, el lugar se siente diferente ahora, como si la presencia de los espíritus hubiera dejado una sensación de calidez.

Hambriento después de todo lo ocurrido, Juan busca en la cocina algo para comer. Encuentra algunas latas y pan, suficiente para preparar una pequeña cena. Con su comida lista, se sienta frente a la chimenea, disfrutando del calor del fuego y el sonido de la lluvia afuera.

Pero justo cuando empieza a relajarse, un temblor sacude la casa. Un sonido atronador surge del sótano, rompiendo la paz del momento. Juan se congela, el tenedor a medio camino de su boca. "¿Qué fue eso?" se pregunta, mientras una ola de miedo lo recorre.

Recuerda entonces el sótano que decidió no explorar antes. "Algo... algo está allí abajo," murmura, la curiosidad mezclándose con su temor. Sabe que no podrá descansar hasta descubrir el origen de ese ruido.

Con decisión, toma una linterna y se dirige hacia la puerta del sótano. Al llegar, se sorprende al encontrarla abierta, como si algo o alguien la hubiera desbloqueado desde dentro. "Esto no me gusta nada," susurra, pero su deseo de entender lo supera.

Respira hondo y comienza a bajar las escaleras lentamente, cada paso resuena en la oscuridad como un anuncio de su llegada. "¿Hola? ¿Hay alguien ahí?" llama, su voz temblorosa pero firme.

La luz de la linterna corta a través de la oscuridad, revelando un sótano lleno de sombras y siluetas. Juan avanza, determinado a enfrentar lo que sea que se esconde en las profundidades de la casa.

- acogedor - cozy
- afuera - outside
- alivio - relief
- anuncio - announcement
- atronador - deafening
- calma - calmness
- decidido - determined
- desaparición - disappearance
- desbloqueado - unlocked
- disfrutando - enjoying
- esconde - hides
- mezcla - mixture
- ola - wave
- oscuridad - darkness
- sacude - shakes
- temblor - tremor
- vacío - empty

Secretos Revelados

Juan, con la linterna en mano, ilumina el oscuro y polvoriento sótano. El ambiente es húmedo y frío, lleno de sombras que parecen cobrar vida con el movimiento de la luz. De repente, su mano roza un interruptor en la pared. Lo acciona y, con un leve chasquido, la luz inunda el espacio, revelando cajas apiladas y muebles viejos cubiertos de telarañas.

Mientras inspecciona el lugar, el sonido atronador vuelve a resonar, esta vez mucho más cerca. Juan sigue el ruido, que lo lleva hasta una pared que parece ligeramente diferente a las demás. Empuja y siente cómo se mueve; es una pared falsa. Con esfuerzo, logra abrir un camino y descubre una habitación secreta.

"¡Increíble!" Juan no puede evitar exclamar al ver el interior. La habitación está llena de documentos, libros antiguos, y objetos que parecen haber sido usados en rituales. Uno de los libros, abierto sobre una mesa, habla de rituales y espíritus. Juan hojea el libro con cuidado, empezando a entender que la casa esconde secretos oscuros.

En una esquina, su atención se ve atraída por un objeto que brilla débilmente a la luz de su linterna. Es una llave, antigua y con inscripciones que parecen coincidir con las descritas en el libro sobre rituales. "¿Qué puerta abrirá esta llave?" se pregunta, sintiendo una mezcla de temor y curiosidad.

Pero entonces, el aire en la habitación se vuelve más frío, tan helado que puede ver su aliento. Un mal presentimiento lo invade, y comienza a sentir una presencia maligna. De repente, risas siniestras llenan el aire, risas que no parecen humanas.

Juan, aterrorizado, sabe que debe salir de allí. "¡Tengo que irme!" grita, aunque nadie más pueda oírlo. Corre hacia la salida, pero siente como si algo lo siguiera, una sombra oscura que se arrastra por el suelo detrás de él.

Llega a las escaleras y asciende a toda prisa, no se atreve a mirar atrás. "¿Qué he descubierto? ¿Qué debo hacer con esta llave?" se pregunta mientras sale del sótano, decidido a descubrir el misterio de la casa y poner fin a los oscuros secretos que ha desenterrado.

- acciona - activates
- aliento - breath
- arrastra - drags
- chasquido - click
- coincidir - to coincide
- desenterrado - unearthed
- helado - icy
- húmedo - damp
- inscripciones - inscriptions
- ligeramente - slightly
- maligna - malign
- mezcla - mixture
- oscuros - dark
- polvoriento - dusty
- presentimiento - premonition
- resonar - to resonate
- siniestras - sinister

El Clímax

Juan, con el corazón latiendo desbocado, logra escapar del sótano y con rapidez cierra la puerta detrás de sí. Desde el interior, siente cómo la presencia maligna golpea la puerta, intentando seguirlo, pero él saca la llave que encontró y, con manos temblorosas, la usa para cerrar la puerta firmemente. Al hacerlo, siente cómo esa presencia oscura se aleja, disipándose como una pesadilla al amanecer.

Respira profundo, sintiendo cómo la tensión abandona su cuerpo poco a poco. "Es hora de irme," se dice a sí mismo, aunque una parte de él no quiere dejar la casa. Rápidamente recoge sus pocas pertenencias y se dirige hacia la puerta principal.

Mientras atraviesa el umbral, se detiene al ver las figuras de la madre y el hijo esperándolo. Aunque no dicen nada, Juan siente su agradecimiento fluyendo hacia él, agradeciéndole no solo por reunirlos sino también por proteger la casa de la oscuridad que la amenazaba.

"Cuídense," les dice Juan, su voz cargada de emoción. Aunque sabe que no pueden responder, ve en sus miradas todo lo que necesitan decir.

Al salir de la casa, el amanecer lo recibe con sus primeros rayos, pintando el cielo de colores cálidos. La tormenta ha pasado, y el sol brilla, prometiendo un nuevo día. Juan mira atrás hacia la casa, sintiendo una mezcla de alivio y tristeza. "Nunca olvidaré este lugar," promete en voz alta, sabiendo que lo vivido aquí cambiará su camino para siempre.

La casa queda atrás, silenciosa y pacífica, como si nunca hubiera albergado sombras en sus rincones. Juan continúa su camino, pero ya no se siente tan solo. La experiencia lo ha cambiado, le ha dado un propósito y la certeza de que hay más en el mundo de lo que nuestros ojos pueden ver.

La historia de la casa y sus espíritus quedará con él, un recordatorio de que, a veces, los lugares más oscuros pueden esconder la luz más brillante. Y con esa luz en su corazón, Juan sigue adelante, hacia nuevas aventuras, llevando consigo las lecciones aprendidas en esa casa olvidada por el tiempo.

- abandona - leaves
- agradecimiento - gratitude
- amenazaba - threatened
- aterrorizado - terrified
- certeza - certainty
- desbocado - pounding
- disipándose - dissipating
- emoción - emotion
- firmemente - firmly
- mezcla - mixture
- olvidaré - I will forget

- pintando - painting
- prometiendo - promising
- propósito - purpose
- recoge - gathers
- rincones - corners
- tristeza - sadness

Ecos del Olvido

La Tormenta

Ana y Luis están manejando tranquilos por los Pirineos. La noche es oscura y de repente, el cielo empieza a llenarse de rayos. El viento comienza a soplar tan fuerte que el coche se mueve de lado a lado en la carretera.

—¿Ves eso?— pregunta Ana, señalando los relámpagos que iluminan el cielo.

—Sí, parece que viene una tormenta grande. Espero que no sea nada serio— responde Luis, tratando de mantener la calma.

Pero justo después de sus palabras, el coche empieza a fallar hasta que finalmente se detiene.

—No puede ser, ¿qué le pasa al coche?— exclama Luis, mientras intenta arrancarlo de nuevo sin éxito.

—¿Qué vamos a hacer? Estamos en medio de la nada— dice Ana, preocupada.

Luis suspira y dice: —Vamos a buscar un lugar donde pasar la noche. Aquí no estamos seguros.

Agarran unas pocas cosas y comienzan a caminar bajo la lluvia que cae cada vez más fuerte. Los truenos suenan tan cerca que Ana se asusta.

—Tranquila, Ana, encontraremos un lugar donde refugiarnos— trata de calmarla Luis, aunque él también siente miedo.

Después de caminar un rato, ven la silueta de un castillo antiguo a lo lejos.

—Mira, ¿ves eso? Podemos ir allí— sugiere Ana, señalando hacia el castillo.

—Buena idea. Vamos a pedir refugio— dice Luis, sintiendo un poco de esperanza.

A medida que se acercan, la tormenta parece enfurecerse aún más, como si no quisiera que llegaran al castillo. El lugar parece abandonado, cubierto por el misterio de su pasado.

—Este lugar me da escalofríos— dice Ana, mirando el castillo.

—A mí también, pero es mejor que quedarnos afuera con esta tormenta— responde Luis, intentando sonar convincente.

Se miran con nerviosismo y, juntos, avanzan hacia la puerta del castillo, listos para enfrentarse a lo desconocido.

- agarran - they grab
- arrancarlo - to start it (referring to the car)
- desconocido - unknown
- enfurecerse - to rage
- escuchando - listening
- escalofríos - chills
- lejos - far
- llenarse - to fill up
- lugar - place
- misterio - mystery
- nerviosismo - nervousness
- pasar - to spend
- parece - seems
- pedir - to ask for
- rato - while
- se detiene - it stops
- serio - serious

La Entrada al Castillo

Ana y Luis se paran frente a la enorme puerta del castillo. Está entreabierta, como invitándolos a entrar.

—¿Alguien está ahí?— grita Luis, pero solo el silencio le responde.

Deciden entrar, buscando protección de la tormenta. El interior es oscuro y el aire está lleno de polvo, como si nadie hubiera entrado en años. Encuentran una sala principal con una chimenea apagada.

Luis se acerca y trata de encender un fuego con algunos trozos de madera que encuentra. Pronto, las llamas iluminan la habitación con una luz parpadeante.

De repente, escuchan un ruido extraño proveniente del piso de arriba.

—¿Has oído eso?— Ana mira a Luis con preocupación.

—Sí, ¿crees que haya alguien más aquí?— Luis intenta escuchar, pero el silencio vuelve.

—¡Hola! ¿Hay alguien?— Ana eleva la voz, pero solo el eco de sus propias palabras le responde.

—Parece que estamos solos. Vamos a buscar un lugar donde dormir— sugiere Luis, intentando parecer calmado.

Mientras exploran, pasan junto a retratos antiguos colgados en las paredes. Los ojos de las personas en las pinturas parecen seguirlos, llenándolos de una sensación inquietante.

—Estos retratos... parece como si nos estuvieran mirando— Ana se acerca a uno, tratando de descifrar las expresiones congeladas en el tiempo.

Siguen caminando hasta que encuentran una habitación que se ve más acogedora que el resto. Tiene una cama grande y parece libre de polvo.

—Podemos quedarnos aquí— dice Luis, aliviado de encontrar un lugar decente.

Comienzan a acomodarse, sacando lo poco que llevan en sus mochilas. De repente, una ventana se cierra de golpe con el viento, haciendo que ambos salten del susto.

—Este lugar me da escalofríos— dice Ana, acercándose a Luis.

—Sí, pero estaremos bien. Solo es por una noche— Luis la abraza, intentando transmitirle seguridad.

Juntos, se preparan para pasar la noche en el misterioso castillo, sin saber lo que les espera.

- acercándose - approaching
- agarran - they grab
- entreabierta - partially open
- extraño - strange
- parpadeante - flickering
- preocupación - concern
- propias - own
- quedarnos - to stay (us)
- retratos - portraits
- sensación - sensation
- siguen - they continue
- silencio - silence
- suena - it sounds
- susto - scare
- ventana - window
- vuelve - returns

Voces en la Noche

Ana y Luis se acuestan en la cama de la habitación que encontraron, intentando dormir. Sin embargo, un susurro apenas audible rompe el silencio de la noche.

—Luis, ¿escuchas eso?— susurra Ana, con un hilo de voz.

—Sí, parece como si alguien estuviera hablando— Luis escucha atentamente.

—Están diciendo mi nombre...— Ana se siente inquieta.

—Debe ser el viento, Ana. Este castillo es muy viejo— trata de explicar Luis, aunque él también se siente un poco nervioso.

—Necesitamos averiguar de dónde vienen— Ana se levanta decidida, y Luis la sigue.

Con una vela en mano, caminan por los pasillos oscuros y fríos del castillo. Las voces susurrantes parecen guiarlos, llevándolos a través de un laberinto de sombras hasta una puerta oculta que da a una antigua biblioteca.

—Mira, un libro abierto— señala Luis, acercándose a un pedestal en el centro de la sala.

El libro cuenta la historia del castillo y habla de los antiguos habitantes, revelando que el lugar está maldito. Mientras leen, un golpe fuerte suena en la puerta que acaban de cruzar.

Ana y Luis se giran rápidamente hacia el sonido. Ven una sombra moviéndose entre los estantes de libros.

—¿Quién está ahí?— pregunta Luis, acercándose con cautela, pero la sombra desaparece sin dejar rastro.

—No me gusta esto, Luis. Vamos a volver a la habitación— Ana insiste, con un temor creciente.

Mientras regresan, sienten la inquietante sensación de que alguien o algo los sigue por los oscuros pasillos. Aceleran el paso, y justo cuando llegan a su habitación, la puerta se cierra de golpe detrás de ellos, como si fueran empujados por una fuerza invisible.

—¿Qué está pasando aquí?— Ana mira a Luis, buscando respuestas.

—No lo sé, pero creo que deberíamos intentar salir de este castillo tan pronto como amanezca— Luis mira hacia la ventana, deseando que llegue la luz del día.

- acuestan - they lie down
- antigua - ancient
- averiguar - to find out
- biblioteca - library
- cruzar - to cross
- decidida - determined

- explicar - to explain
- inquieta - uneasy
- laberinto - maze
- maldito - cursed
- moviéndose - moving
- apenas - barely
- pedestral - pedestal
- respuestas - answers
- seguimos - we follow
- temor - fear
- temprano - early

El Retrato

Mientras exploran más el castillo, Ana y Luis entran en una habitación que no habían visto antes. En una pared, encuentran un retrato de una dama que tiene un parecido sorprendente con Ana.

—Mira, Luis, esta mujer se parece a mí— dice Ana, sorprendida.

Luis se acerca y nota algo escrito al pie del retrato.

—Aquí dice: "Condenada a esperar eternamente." ¿Qué crees que significa?— pregunta con curiosidad.

De repente, una melodía triste empieza a sonar de la nada, llenando la habitación con su eco melancólico.

—¿De dónde viene esa música?— Ana mira a su alrededor, intentando encontrar el origen.

Siguiendo la melodía, llegan a un salón de baile en ruinas. Dentro, ven sombras que danzan solas, girando en un vals silencioso.

—Es como si estas sombras estuvieran atrapadas en el tiempo— Luis murmura, fascinado.

En el fondo del salón, hay un gran espejo que refleja la imagen de la dama del retrato. Ana siente que la dama intenta comunicarse con ella.

—Siento que ella... quiere decirme algo— Ana se acerca al espejo, cautivada.

De repente, el espejo se quiebra en mil pedazos y una ráfaga de viento apaga su única vela, dejándolos en completa oscuridad.

—¿Qué fue eso?— Luis intenta mantener la calma.

En la oscuridad, empiezan a escuchar risas de niños, como si jugaran a su alrededor.

—No me gusta esto, Luis. Vamos a volver a nuestra habitación— Ana toma la mano de Luis y corren a través de los pasillos.

Al llegar, encuentran su habitación revuelta, como si alguien hubiera buscado algo.

—Mira, Luis, aquel cuadro...— Ana señala a un cuadro antiguo que muestra el castillo y una familia feliz.

Pero cuando vuelven a mirar, la familia representada ha desaparecido, dejando solo el castillo en el cuadro.

—Esto es imposible...— Luis intenta entender lo que está pasando.

—Algo o alguien no quiere que estemos aquí— Ana dice, con un temor creciente.

Juntos, se preparan para una noche larga, sabiendo que el misterio del castillo es más profundo y oscuro de lo que imaginaban.

- atrapadas - trapped
- comunicarse - to communicate
- curiosidad - curiosity
- desaparecido - disappeared
- dama - lady
- eco - echo
- espejo - mirror
- fascinado - fascinated

- habitación - room
- melodía - melody
- parecido - resemblance
- pedazos - pieces
- quiebra - break
- revuelta - messy
- sorprendente - surprising
- vals - waltz
- viento - wind

La Niña Fantasma

En medio de la noche, un llanto suave pero penetrante despierta a Ana y Luis.

—¿Escuchas eso? Es como el llanto de una niña— dice Ana, preocupada.

—Sí, lo escucho. ¿De dónde viene?— Luis se levanta, listo para investigar.

Siguiendo el sonido, llegan a una habitación donde ven a una niña fantasma. Ella los mira con ojos tristes.

—Por favor, ¿pueden ayudarme? Estoy buscando a mi mamá— dice la niña con una voz que apenas es un susurro.

—Nos contó que una maldición las separó— Ana mira a Luis, su corazón lleno de compasión.

—Queremos ayudarte— dice Luis, decidido.

La niña fantasma sonríe débilmente y los guía a través de un pasadizo secreto hasta un jardín oculto. Allí, encuentran varias tumbas con nombres que reconocen de los retratos dentro del castillo.

De repente, la niña desaparece, dejando caer un colgante antiguo.

—Este colgante... es de la dama del retrato— Ana lo recoge, sintiendo una conexión con la historia de la niña.

—Debemos romper la maldición— Luis dice, mirando a Ana.

Juntos, exploran el jardín y encuentran una puerta que lleva a una capilla subterránea. En el centro de la capilla, hay un altar con un libro de conjuros abierto.

—Mira, este libro... tiene una página marcada sobre cómo romper maldiciones— Ana señala la página, esperanzada.

Justo cuando comienzan a leer, sienten una presencia maligna acercándose.

—Algo viene... tenemos que prepararnos— Luis toma la mano de Ana, listos para enfrentar lo que sea necesario para ayudar a la niña y su madre a reunirse de nuevo.

- compasión - compassion
- conjuros - spells
- débilmente - weakly
- jardín - garden
- maldición - curse
- mamá - mom
- marca - marked
- oculto - hidden
- penetrante - piercing
- presencia - presence
- reconocer - to recognize
- reunirse - to reunite
- secretamente - secretly
- tumbas - graves
- tristes - sad
- susurro - whisper
- vámonos - let's go

La Maldición

En la capilla subterránea, Ana y Luis sienten una presencia que les hiela la sangre. De las sombras emerge una figura: el antiguo señor del castillo.

—Yo maldije este lugar por celos...— su voz es un eco de dolor y arrepentimiento.

—¿Cómo podemos romper la maldición?— pregunta Ana, decidida.

—Deben reunir a mi familia... es la única forma— responde el señor, desvaneciéndose como la bruma.

Con determinación, Ana y Luis buscan pistas sobre cómo llevar a cabo el ritual. Descubren que necesitan tres cosas: el colgante, el libro de conjuros y una reliquia de la familia.

—El colgante ya lo tenemos, y el libro está aquí. Solo nos falta la reliquia— Luis recapitula, mirando a su alrededor.

Buscan por todo el castillo hasta encontrar la reliquia escondida en lo que debió ser la habitación del señor.

—Aquí está...— Ana levanta una pequeña caja, y al abrirla, encuentran un anillo antiguo. Al tomarlo, el aire del castillo se carga de electricidad.

Regresan a la capilla para preparar el ritual. Colocan el colgante, el libro y la reliquia en el altar. Cuando comienzan a recitar el conjuro, el castillo empieza a temblar, y figuras etéreas emergen de las paredes.

—Son los espíritus de la familia— Luis observa, asombrado.

A medida que avanzan con el ritual, el antiguo señor aparece nuevamente, intentando detenerlos. Pero Ana y Luis, unidos y fuertes, completan el conjuro.

Con las últimas palabras del ritual, una luz brillante inunda la capilla. Los espíritus de la familia, incluida la niña fantasma y su madre, se reúnen, sonriendo agradecidos hacia Ana y Luis.

—Gracias por liberarnos— susurra la niña, abrazando a su madre.

La maldición se rompe finalmente, y los espíritus encuentran la paz, desapareciendo en la luz. Ana y Luis se abrazan, sabiendo que juntos han hecho algo maravilloso. La paz vuelve al castillo, liberado al fin de su pasado oscuro.

- arrepentimiento - regret
- bruma - mist
- conjuro - spell
- desvanecerse - to fade away
- etéreo - ethereal
- liberar - to free
- maravilloso - wonderful
- paz - peace
- pistas - clues
- recapitular - to recap
- recitar - to recite
- reunir - to reunite
- ritual - ritual
- sombra - shadow
- temblar - to tremble
- temor - fear
- unidos - united

El Clímax

Justo después de que la luz inunda la capilla, el suelo comienza a temblar violentamente.

—¡El castillo se está cayendo! ¡Tenemos que salir de aquí!— grita Luis, tomándola de la mano.

Corren por los pasillos oscuros, que ahora se desmoronan a su alrededor. El polvo y los escombros llenan el aire, dificultando la respiración.

—Parece que nunca vamos a llegar— dice Ana, casi sin aliento, mientras la salida parece alejarse más y más.

De repente, escuchan la voz de la niña fantasma.

—Por aquí, sigan mi voz— dice suavemente, guiándolos a través del caos.

Inspirados por su guía, encuentran nuevas fuerzas y siguen corriendo hasta que, finalmente, ven la luz del amanecer brillando a través de la puerta principal.

—¡Allí está la salida!— exclama Ana, con un hilo de esperanza.

Salen del castillo justo en el momento en que las últimas paredes colapsan detrás de ellos. Exhaustos pero seguros, se abrazan, aliviados de estar vivos.

Mientras el sol se levanta, iluminando las ruinas del castillo, ambos sienten una mezcla de alivio y tristeza por lo perdido.

—Es tan triste verlo así...— Ana mira hacia atrás, donde una vez se alzaba el majestuoso castillo.

La niña fantasma y su familia aparecen ante ellos una última vez, sonriendo con gratitud.

—Gracias por todo— dice la niña antes de desvanecerse con su familia en la luz del amanecer.

—Siempre recordaremos esto, siempre— Luis promete, mirando a Ana.

Al regresar a donde habían dejado el coche, se sorprenden al encontrarlo en perfecto estado, como si nunca se hubiera averiado.

—¿Cómo es posible?— Ana mira el coche, incrédula.

—No lo sé, pero estoy agradecido— Luis sonríe, abriendo la puerta para Ana.

Deciden continuar su viaje, agradecidos por la segunda oportunidad que les ha sido dada. Mientras se alejan, el castillo queda atrás en silencio, un recordatorio de su aventura y del poder del amor y la valentía frente a la oscuridad.

- alivio - relief
- amanecer - dawn
- desmoronarse - to collapse
- esperanza - hope
- gratitud - gratitude
- guiar - to guide
- hilo - thread
- incrédulo - incredulous
- majestuoso - majestic
- mezcla - mixture
- polvo - dust
- prometer - to promise
- seguro - safe
- sorprender - to surprise
- tristeza - sadness
- valentía - bravery
- voz - voice

El Regreso

Mientras Ana y Luis conducen de vuelta, el silencio del coche se llena de sus reflexiones.

—Nunca olvidaré lo que pasó en ese castillo— dice Ana, sacando el colgante de su bolsillo.

—Es un recuerdo de que hicimos algo increíble— responde Luis, con una sonrisa.

Deciden que quieren saber más sobre la historia del castillo y se detienen en un pueblo cercano para preguntar.

—Perdón, ¿nos pueden contar sobre ese castillo antiguo?— pregunta Ana a un grupo de aldeanos.

Los aldeanos los miran con sorpresa y curiosidad.

—Es increíble que hayan salido de allí. Ese lugar ha estado maldito por generaciones— dice uno, asombrado.

Luis y Ana comparten su aventura, y los aldeanos escuchan, fascinados por cada palabra.

—Gracias a ustedes, esa maldición ha terminado. Han salvado al pueblo de futuros males— comenta un anciano, revelándoles más sobre la maldición.

—No podemos creer que lo que hicimos tuvo tanto impacto— Ana se siente abrumada pero orgullosa.

Esa noche, el pueblo los acoge con hospitalidad y gratitud. Sueñan con los espíritus del castillo, quienes les agradecen por haberles traído paz.

Al despertar, Ana y Luis saben que es momento de regresar a casa. Pero antes, visitan el cementerio local y dejan el colgante en la tumba de la niña, como un último adiós.

—Este lugar y su gente siempre estarán en nuestro corazón. Prometemos volver— Luis asegura mientras se despiden del pueblo.

En el coche, de camino a casa, comienzan a planear su próxima aventura.

—Después de esto, siento que podemos hacer cualquier cosa— dice Ana, emocionada.

—Sí, juntos no hay nada que no podamos enfrentar— Luis toma su mano, y juntos miran hacia el horizonte, listos para lo que les depare el futuro.

- abrumado - overwhelmed
- aldeano - villager
- generación - generation
- impacto - impact
- maldito - cursed
- mal - evil
- paz - peace

- planear - to plan
- prometer - to promise
- pueblo - village
- recuerdo - memory
- regresar - to return
- sacar - to take out
- sorpresa - surprise
- tumba - grave
- volver - to come back

Nueva Vida

Ana y Luis llegan a casa, pero algo en su interior ha cambiado. La experiencia en el castillo los ha transformado.

—Este lugar se siente diferente ahora, ¿verdad?— dice Ana mientras coloca cuidadosamente el retrato de la dama en la sala.

—Sí, como si hubiéramos dejado una parte de nosotros en ese castillo— Luis asiente, mirando el retrato.

Deciden compartir su increíble historia con amigos y familia. Sin embargo, no todos están dispuestos a creer.

—Suena como algo sacado de una película— dice un amigo, escéptico.

—Pero es real, cada palabra— Ana insiste, con una mirada que refleja la profundidad de su experiencia.

Inspirados, se ponen a escribir un libro sobre lo sucedido, documentando cada detalle de su aventura. Durante el proceso, descubren mensajes ocultos en sus notas, como si la historia misma quisiera ser contada.

Contra todo pronóstico, el libro se publica y despierta un interés generalizado sobre el misterioso castillo y su historia.

—Mira, Luis, personas de todo el mundo han tenido experiencias similares— Ana muestra emocionada las cartas que han recibido.

—Deberíamos hacer algo con esto. Ayudar a otros y a los espíritus que aún están atrapados— sugiere Luis.

Así, forman un grupo dedicado a la investigación de lo paranormal, viajando a lugares embrujados y ayudando tanto a vivos como a muertos. Con cada nueva aventura, su relación se fortalece aún más.

Ana y Luis se ganan un nombre en el mundo de lo paranormal, respetados por su valentía y su compasión.

El colgante se convierte en un símbolo de su unión y propósito, recordándoles siempre el inicio de su viaje.

Eventualmente, regresan al sitio del castillo, ahora tranquilo y en paz, como si los espíritus finalmente hubieran encontrado el descanso eterno.

Pero su curiosidad permanece intacta, encontrando nuevos misterios que esperan ser descubiertos en cada rincón sombrío del mundo.

—¿Quién sabe qué aventuras nos esperan?— dice Luis, mirando hacia el horizonte.

—Lo que sea que venga, lo enfrentaremos juntos— Ana toma su mano, compartiendo una mirada llena de amor y expectación.

Mirando hacia el futuro, saben que esta aventura apenas es el comienzo de muchas más.

- aventura - adventure
- compasión - compassion
- curiosidad - curiosity
- documentar - to document
- eterno - eternal
- fortalecer - to strengthen
- generalizado - widespread
- mensaje - message
- nombre - name
- oculto - hidden

- pronóstico - forecast
- publicar - to publish
- recibir - to receive
- respetado - respected
- símbolo - symbol
- tranquilo - calm
- unión - union

Sombras del Pasado: Misterio en Barcelona

La Mudanza

Una familia se muda a una casa nueva en Barcelona. La casa es grande y tiene un jardín bonito. Todos están felices por empezar una nueva vida.

—¡Mira, mamá! ¡El jardín es enorme! —dice Ana, emocionada.

—Sí, cariño. Y mira todas estas flores. Son hermosas —responde su madre, Lucía, con una sonrisa.

El padre, Carlos, está orgulloso de la casa. —Encontré esta casa a un precio increíble. Parece que nos estaba esperando.

Luis, el hermano, explora cada rincón. —¡Tengo mi propio cuarto! Y arriba hay un ático.

Pero Lucía siente algo extraño. —¿Sienten eso? Como si... no estuviéramos solos.

—Es solo una casa vieja, mamá —trata de calmarla Carlos.

Cuando cae la noche, la casa parece diferente. Las sombras se mueven en las paredes y se escuchan ruidos extraños.

—¿Escucharon eso? —pregunta Luis, asustado.

—Debe ser el viento —dice Ana, intentando sonar convincente.

Mientras intentan dormir, Ana ve sombras. —Alguien más está aquí —piensa.

Luis, bajo sus mantas, murmura: —Nos están mirando.

Todos tratan de convencerse de que es su imaginación. Pero saben que algo no está bien. La casa guarda secretos que están por descubrir.

- ático - attic
- convencerse - to convince oneself
- descubrir - to discover
- extraño - strange

- hermosas - beautiful
- imaginar - to imagine
- precio - price
- rincón - corner
- secretos - secrets
- sombras - shadows
- sonrisa - smile
- tratan - they try
- viento - wind
- esperando - waiting
- escuchar - to hear
- felices - happy
- noche - night

Primeros Signos

Al día siguiente, la familia López se despertó cansada y confundida. La noche había sido larga y llena de misterios.

—Mamá, anoche vi sombras moviéndose en mi cuarto —dijo Ana, preocupada.

—Y yo sentí como si alguien me estuviera mirando todo el tiempo —añadió Luis, con miedo en su voz.

Carlos trató de ser práctico. —Vamos a ignorarlo. Quizás estemos todos un poco nerviosos por la mudanza. Hoy será un día mejor.

Pero las cosas extrañas no se detuvieron. Durante el desayuno, los platos empezaron a moverse solos en la mesa.

—¿Vieron eso? —exclamó Lucía, sorprendida.

Más tarde, la puerta del jardín se abrió y cerró sola varias veces.

—No hay viento... ¿Cómo es posible? —preguntó Carlos, confundido.

Explorando la casa, Lucía encontró una habitación secreta detrás de una estantería.

—Miren, chicos. ¿Qué será esto? —dijo, emocionada pero cautelosa.

Subiendo al ático, oyeron pasos. Pero estaban solos.

—Debe haber una explicación lógica —intentó Carlos, pero su voz temblaba.

Esa noche, la electricidad se fue de repente. Y en la oscuridad, las sombras parecían cobrar vida.

—Hace más frío aquí, ¿no? —dijo Ana, abrazándose a sí misma.

En el sótano, encontraron inscripciones antiguas en las paredes.

—Esto... esto es raro —murmuró Luis.

Ninguno de los niños quería estar solo. Sentían que algo o alguien los observaba.

—Creo... creo que la casa está embrujada —dijo Lucía, finalmente aceptando la posibilidad.

Carlos, aunque escéptico, asintió. —Debemos averiguar más sobre esta casa. Mañana buscaremos información.

La familia se dio cuenta de que su nueva vida en Barcelona estaba llena de misterios y decidieron enfrentarlos juntos. Pero, ¿qué secretos revelaría la historia de su nuevo hogar?

- añadió - added
- cautelosa - cautious
- confundido - confused
- eléctricidad - electricity
- explicación - explanation
- inscripciones - inscriptions
- larga - long
- mudanza - move (noun)
- nerviosos - nervous
- oscuro - dark
- pasos - footsteps
- platos - plates

- práctico - practical
- revelaría - would reveal
- sola - alone
- temblaba - was trembling
- várias - several

Descubrimientos Oscuros

La familia López decidió investigar la historia de su casa. Lo que encontraron los dejó sin palabras.

—Dice aquí que nuestra casa está construida sobre un antiguo cementerio romano —leyó Carlos, asombrado.

—Y también habla de rituales antiguos que se hacían en esta tierra —añadió Lucía, preocupada.

Decidieron que necesitaban ayuda y contactaron a un experto en lo paranormal, el señor Gómez.

—Buenas, familia López. Siento una energía muy poderosa aquí —dijo el señor Gómez apenas entró.

Los fenómenos paranormales empezaron a aumentar. Apariciones de figuras con togas romanas aparecían por la casa.

—Mamá, ¿viste eso? —gritó Ana, señalando a una de las figuras.

Esa noche, todos tuvieron sueños extraños, llenos de mensajes que no podían entender.

—Estos espíritus están tratando de comunicarse con nosotros —explicó el señor Gómez.

Pero cuando les sugirió que lo mejor sería dejar la casa, la familia decidió quedarse.

—Esta es nuestra casa. Tenemos que enfrentar a estos fantasmas —dijo Carlos con determinación.

Juntos, realizaron una sesión de espiritismo. Los espíritus comenzaron a contarles historias de su pasado, llenas de tristeza y desesperación.

—Deben irse... antes de que sea demasiado tarde —fue la advertencia oscura con la que terminó la sesión.

Las apariciones se volvieron más agresivas después de eso. Pero la familia también encontró reliquias antiguas en el jardín, lo que les dio esperanza.

—Estas reliquias... tal vez nos ayuden a encontrar una solución —dijo Lucía, examinando una pieza.

—Sí, debemos protegernos y encontrar una manera de vivir aquí en paz —concluyó Carlos.

La decisión estaba tomada. A pesar del miedo y las advertencias, iban a quedarse y luchar por su hogar. Pero ¿cómo enfrentarían los oscuros secretos que aún estaban por revelarse?

- agresivas - aggressive
- apareciones - apparitions
- asombrado - amazed
- comunicarse - to communicate
- determinación - determination
- energía - energy
- espíritus - spirits
- experto - expert
- fenómenos - phenomena
- llenos - full
- mensajes - messages
- paranormal - paranormal
- protegernos - to protect ourselves
- reliquias - relics
- sesión - session
- togas - togas
- tristeza - sadness

La Lucha

La familia López se preparaba para enfrentar los misterios de su hogar con más determinación que nunca.

—Vamos a hacer amuletos de protección para todos —dijo Lucía, mientras juntaban materiales.

Ana, la hija, pasaba horas leyendo sobre rituales romanos. —Creo que si entendemos sus costumbres, podríamos comunicarnos mejor con ellos.

Mientras tanto, Luis tuvo una experiencia inquietante. —Una aparición... me llevó al sótano —les contó, temblando.

Allí, encontraron un antiguo altar escondido. —Esto debe ser clave para entender lo que pasa —dijo Carlos, mirándolo fijamente.

Decidieron realizar un ritual de protección en el jardín, esperando calmar los espíritus.

—Esperemos que esto funcione —susurró Lucía, mientras comenzaban.

Durante el ritual, las apariciones se manifestaron claramente, pero la familia sintió una extraña conexión con ellos.

Por un momento, los ruidos y sombras disminuyeron, dándoles esperanza.

Pero una noche, la presencia de los espíritus se sintió más intensa que nunca. Los amuletos que habían creado se rompieron uno tras uno.

—¡Rápido, a la habitación! —gritó Carlos, guiando a su familia a un lugar seguro.

Encerrados, podían sentir los espíritus rodeándolos, una sensación abrumadora y aterradora.

—Necesitamos más ayuda, algo más que nosotros —decidió Carlos, después de una larga noche de miedo y desesperación.

La noche terminó, pero dejó a la familia López con un sentimiento de desesperanza. ¿Qué podrían hacer para proteger su hogar y a ellos mismos de estas fuerzas que no comprendían totalmente? La lucha contra lo desconocido se estaba volviendo cada vez más difícil.

- amuletos - talismans
- apareciones - apparitions
- aparición - apparition
- calmar - to calm
- conexión - connection
- desesperación - desperation
- determinación - determination
- espíritus - spirits
- intensa - intense
- manifestaron - manifested
- presencia - presence
- protección - protection
- rituales - rituals
- sensación - sensation
- sombras - shadows
- temblando - trembling
- volviendo - becoming

Búsqueda de Ayuda

Después de una noche de miedo y desesperación, la familia López sabía que necesitaban ayuda externa.

—Voy a llamar a un famoso cazador de fantasmas —dijo Carlos, marcando el número.

El cazador de fantasmas, señor Vargas, llegó con un montón de equipo especial.

—Vamos a ver qué podemos descubrir juntos —anunció con confianza.

Recorrieron la casa y el jardín, y el equipo del señor Vargas capturó sonidos y movimientos que ningún humano podría hacer.

—Es impresionante... y aterrador —comentó Ana, escuchando los sonidos capturados.

Decidieron realizar otro ritual, más poderoso que el anterior, esperando calmar a los espíritus de una vez por todas.

—Este ritual va a requerir la energía de todos —explicó el señor Vargas.

Al comenzar el ritual, una tormenta sobrenatural se formó sobre la casa, como si los espíritus estuvieran respondiendo.

Durante el ritual, los espíritus se comunicaron a través del cazador de fantasmas.

—Dicen que no descansarán hasta que se reconozca su memoria y su historia —tradujo el señor Vargas.

—Prometemos honrar su memoria y reconocer su historia —respondió Lucía, esperanzada.

Sin embargo, la actividad paranormal no disminuyó después del ritual.

—Esta fuerza es demasiado poderosa. Deberían considerar irse —aconsejó el señor Vargas, preocupado.

Pero la familia estaba decidida a hacer un último intento para salvar su hogar.

—No podemos rendirnos ahora —dijo Carlos, firme.

Explorando el ático, Lucía encontró un diario antiguo escondido. En él, había instrucciones para un ritual final que podría traer paz a la casa.

—Esto podría ser la solución que necesitamos —dijo, mostrándoselo a su familia.

Juntos, se prepararon para realizar el ritual final, siguiendo las instrucciones del diario al pie de la letra.

—Este es nuestro hogar. Vamos a luchar por él —dijo Carlos, mientras comenzaban el ritual con determinación.

La familia López se enfrentaba a lo desconocido con valentía, esperando finalmente traer paz a su hogar y a los espíritus que lo habitaban. ¿Sería este ritual la clave para salvar su casa?

- aconsejó - advised
- aterrador - terrifying
- confianza - confidence
- descansarán - will rest
- energía - energy
- famoso - famous
- fuerza - force
- impresionante - impressive
- paranormal - paranormal
- prometemos - we promise
- reconozca - recognize
- rendirnos - to give up
- respondiendo - responding
- sobrenatural - supernatural
- solución - solution
- tormenta - storm
- valentía - bravery

El Ritual Final

Con el diario antiguo en sus manos, la familia López se preparó para el ritual final que prometía paz.

—Necesitamos objetos antiguos del jardín para el ritual —leyó Lucía del diario.

Juntos, comenzaron a recolectar los objetos necesarios, trabajando en equipo y con esperanza.

—Esto va aquí, y esto otro allá —dirigía Carlos, mientras colocaba símbolos protectores alrededor del lugar del ritual.

La comunidad local, enterada de su lucha, ofreció su apoyo.

—Estamos con ustedes —dijeron los vecinos, ayudando a preparar todo para el atardecer.

Al iniciar el ritual, el sol comenzaba a ocultarse, pintando el cielo de colores.

—Es hora —dijo el señor Vargas, quien había decidido ayudarles una vez más.

Los espíritus se manifestaron con una fuerza impresionante, pero la familia no se dejó intimidar.

—No tengan miedo. Sigamos adelante —animaba Lucía, mientras recitaban antiguas oraciones juntos.

De repente, una luz sobrenatural llenó la casa, y los objetos del ritual empezaron a levitar.

—Mira, mamá, papá, ¡está funcionando! —exclamó Luis, asombrado.

Entonces, Ana comenzó a hablar con una voz que no era la suya. Los espíritus estaban hablando a través de ella.

—Queremos paz... redención —dijo la voz de Ana.

La energía de la casa cambió. Se sentía más ligera, más tranquila.

—Lo logramos... Lo logramos —susurraba Carlos, abrazando a su familia.

La noche cayó silenciosamente después del ritual. Todo parecía estar en paz, pero había una quietud que inquietaba.

—¿Creen que realmente se haya acabado? —preguntó Luis, mirando a su alrededor.

—Esperemos que sí. Pero algo me dice que debemos estar atentos —respondió Lucía, sintiendo esa tranquilidad demasiado profunda.

La familia López se enfrentó a lo desconocido con valentía y, por ahora, parecían haber encontrado la paz. Sin embargo, el silencio que siguió al ritual era un recordatorio de que algunos misterios permanecen, esperando ser revelados.

- abrazando - hugging
- animaba - encouraged
- apoyo - support
- atardecer - sunset
- colores - colors
- comunidad - community
- ligera - lighter
- manifestaron - manifested
- ocultarse - to hide
- oraciones - prayers
- paz - peace
- recitaban - recited
- redención - redemption
- revelados - revealed
- silenciosamente - silently
- sobrenatural - supernatural
- tranquilidad - tranquility

El Clímax

La mañana después del ritual, la casa de los López estaba más silenciosa que nunca. No se escuchaba ni un solo ruido extraño.

—Parece que todo volvió a la normalidad —dijo Carlos, aliviado.

—No siento esa pesadez en el aire. Creo que funcionó —añadió Lucía, con una sonrisa.

Pero la felicidad duró poco. Ana, la hija, no estaba en su cuarto.

—¿Ana? ¿Dónde estás? —llamaba Lucía, cada vez más preocupada.

Buscaron en cada rincón de la casa y el jardín, pero Ana había desaparecido sin dejar rastro. Su habitación estaba en desorden, como si hubiera habido una lucha.

—¿Y ahora qué hacemos? —preguntó Luis, temblando.

De repente, una aparición se manifestó frente a ellos. Era diferente a las otras; tenía una presencia calmada pero triste.

—La casa necesita un espíritu para descansar en paz. Ana ha sido elegida para ser ese espíritu —les reveló la aparición.

—Pero... ¿cómo podemos recuperarla? Debe haber una manera —dijo Carlos, desesperado.

Intentaron negociar con los espíritus, suplicando por la libertad de Ana.

—Por favor, devuélvannos a nuestra hija —rogaba Lucía.

Pero los espíritus se negaron. Ana había sido elegida y su destino estaba sellado.

La familia se enfrentaba a una decisión imposible. La aparición les explicó que nunca podrían dejar la casa si querían estar con Ana.

—Entonces nos quedaremos —dijo Carlos, con lágrimas en los ojos. —Si ese es el precio para estar con Ana, lo pagaremos.

La familia decidió permanecer en la casa, aceptando su nueva realidad. La presencia de Ana se sentía en cada rincón, y aunque no podían verla, sabían que estaba con ellos.

—Estaremos juntos, de una forma u otra —susurró Lucía, abrazando a su familia.

La historia de la familia López termina con ellos unidos, encerrados en su hogar para siempre, pero juntos. En la casa que una vez fue un sueño, ahora habitaban con un amor inquebrantable, ligados por el destino a su hogar y entre ellos, en una unión eterna con Ana, el espíritu que les daba paz.

- añadió - added
- apareción - apparition
- descansar - to rest
- desaparecido - disappeared
- destino - destiny

- encerrados - locked up
- espíritu - spirit
- extraño - strange
- inquebrantable - unbreakable
- lágrimas - tears
- negociar - to negotiate
- pesadez - heaviness
- presencia - presence
- rastro - trace
- reveló - revealed
- suplicando - begging
- temblando - trembling

El Misterio de El Argar

Una Visita Especial

En un día caluroso de verano, la familia Martínez decide hacer algo diferente. Quieren visitar el antiguo sitio de la cultura de El Argar.

—Hace mucho calor hoy —dice el padre, José, mientras se seca el sudor de la frente.

—Sí, pero va a ser divertido —responde Ana, la hija, con una sonrisa.

Después de caminar bajo el sol por un buen rato, están muy cansados.

—Mira, un árbol grande. Vamos a descansar allí —sugiere Laura, la madre, señalando hacia adelante.

Se sientan bajo el árbol, agradecidos por la sombra. Ana siente algo extraño.

—¿Sintieron eso? Una brisa fría —dice, sorprendida.

—Debe ser el viento —responde Luis, el hijo, aunque no hay viento.

De repente, escuchan risas, pero al mirar alrededor, no ven a nadie.

—¿Quién está ahí? —pregunta José, confundido.

Los objetos a su alrededor comienzan a moverse solos, y ven sombras extrañas.

—No tengan miedo —dice una voz amigable, pero no hay nadie.

—Somos los espíritus de El Argar. Queremos invitarlos a una aventura —continúa la voz.

—¿Una aventura? ¿A dónde? —pregunta Luis, curioso.

—Al pasado, al 2000 a.C. —responde la voz.

De repente, bajo el árbol aparece un portal mágico.

—¿Entramos? —pregunta Ana, emocionada.

Aunque están sorprendidos, la familia decide entrar al portal. Se encuentran en el mismo lugar, pero todo es diferente. Están en El Argar, 4000 años atrás.

—Bienvenidos. Les prometemos una aventura divertida y sin peligros —dicen los espíritus, ahora visibles como sombras amistosas.

La familia no puede creerlo. Están a punto de vivir una aventura que nunca olvidarán, guiados por los espíritus de un pasado lejano.

- agradecidos - grateful
- antiguo - ancient
- confundido - confused
- divertida - fun
- emocionada - excited
- extraño - strange
- frente - forehead
- peligros - dangers
- portal - portal
- prometemos - we promise
- risas - laughter
- seca - to dry
- sombra - shadow
- sorprendidos - surprised
- sugiere - suggests
- visible - visible
- vivirán - will live

Primer Encuentro

Al cruzar el portal, la familia Martínez se encuentra en medio de una aldea de la Edad del Bronce.

—Mira esas casas. ¡Son tan diferentes! —exclama Ana, mirando alrededor.

Los espíritus, invisibles pero claramente presentes, empiezan a jugar travesuras.

—¿Dónde está mi mochila? —pregunta Luis, buscando alrededor.

De repente, un objeto antiguo cerca de ellos parece cobrar vida, moviéndose solo.

—¡Guau! ¿Vieron eso? —dice José, asombrado.

La familia participa en una ceremonia junto a un fuego, donde los espíritus les cuentan historias antiguas.

—Estas son las historias de nuestro pueblo —dice un espíritu.

Mientras exploran, ven casas antiguas y herramientas que nunca habían visto.

—La comida está lista —anuncia un espíritu, y de repente, hay comida delante de ellos.

—¿Cómo hicieron eso? —pregunta Laura, sorprendida.

Los espíritus les muestran la forja de armas y cómo se jugaban juegos antiguos.

—Ahora, vamos a hablar como nosotros —dice un espíritu, enseñándoles palabras en su idioma.

Ana encuentra un tesoro, pero al intentar tocarlo, desaparece.

—¡Era tan bonito! —dice, decepcionada.

—Mira eso —susurra Luis, señalando a una sombra misteriosa que parece seguir a Ana.

Los espíritus les cuentan leyendas de héroes y dioses, llenando la tarde de magia y misterio.

—¿Quieren aprender a usar el arco y las flechas? —pregunta un espíritu.

—Sí, eso sería increíble —responde José, emocionado.

Después de un día lleno de aventuras y aprendizajes, la familia se siente como si realmente estuvieran viviendo en el pasado.

—Esto es como un sueño —dice Laura, mientras se sientan a descansar bajo el mismo árbol grande, pero ahora en un tiempo muy diferente.

- armas - weapons
- asombrado - amazed
- ceremomia - ceremony
- decepcionada - disappointed
- forja - forge
- herramientas - tools
- héroes - heroes
- idioma - language
- leyendas - legends
- mochila - backpack
- muestran - show
- seguir - to follow
- sueño - dream
- tesoro - treasure
- travesuras - pranks
- vueltan - turns
- vieron - saw

El Desafío

Una mañana, después de su primera gran aventura, la familia Martínez se encuentra con un nuevo desafío.

—Hoy, vamos a hacer una caza del tesoro —anuncia un espíritu con entusiasmo.

—¿Cómo jugamos? —pregunta Ana, emocionada.

—Tienen que resolver acertijos para encontrar las pistas —responde el espíritu.

La primera pista los lleva a aprender sobre la agricultura de El Argar.

—Dice "Busca donde crece el alimento que no se siembra" —lee Luis.

—¡Debe ser el río! —exclama José, entendiendo el acertijo.

De repente, un espíritu travieso aparece y les roba el mapa.

—¡Hey! ¡Devuélvenos eso! —grita Ana, corriendo tras él.

La búsqueda los lleva a una cueva oculta, donde descubren pinturas que cuentan la historia de un guerrero legendario.

—Fue un gran líder —explica el espíritu, devolviéndoles el mapa.

El siguiente desafío es cruzar un río sin mojarse.

—¿Cómo vamos a hacer eso? —se pregunta Laura.

Los espíritus les muestran cómo construir una balsa con troncos y lianas.

—Es como un rompecabezas —dice Luis, mientras trabajan juntos.

En la orilla opuesta, encuentran una joya brillante, protegida por un espíritu.

—Solo pueden llevarla si me ganan en un juego —desafía el espíritu.

La familia acepta y juega un antiguo deporte contra los espíritus, divirtiéndose mucho.

—Ahora, intenta tocar este instrumento —dice un espíritu, entregando a Laura una flauta hecha de hueso.

Con algo de práctica, logra tocar una melodía sencilla.

—¡Qué hermoso suena! —exclama José, impresionado.

Más tarde, exploran un mercado reconstruido, donde "compran" artesanías con monedas de barro.

—Es como viajar en el tiempo —dice Laura, admirando un collar.

Participan en una ceremonia de agradecimiento a la tierra, donde los espíritus les enseñan a ser agradecidos por los alimentos que reciben.

—Nunca olviden el valor de la tierra —les recuerda un espíritu.

Finalmente, los espíritus revelan un secreto del árbol bajo el cual descansaron.

—Este árbol ha visto pasar muchos siglos. Su sombra es mágica —explican.

La caza del tesoro les enseña mucho más que la historia; aprenden sobre la importancia de trabajar juntos y el valor de la amistad, tanto entre ellos como con los espíritus que los han guiado en esta inolvidable aventura.

- acertijos - riddles
- admirando - admiring
- antiguo - ancient
- barro - clay
- brillante - shiny
- construir - to build
- cruzar - to cross
- divirtiéndose - having fun
- guerrero - warrior
- hueso - bone
- lianas - vines
- mercado - market
- melodía - melody
- monedas - coins
- reconstruido - reconstructed
- secreto - secret
- travieso - mischievous

La Noche de las Sombras

Cuando el sol se pone, la aldea de El Argar se transforma completamente.

—Miren, todo se ve diferente de noche —dice Ana, observando cómo cambia el ambiente.

Los espíritus aparecen y los invitan a una celebración especial.

—Esta noche, van a ver cómo celebrábamos en nuestros tiempos —anuncia un espíritu.

Alrededor de una gran fogata, luces y sombras comienzan a danzar, creando figuras misteriosas.

—¿Ven esas sombras? Cada una cuenta una historia —explica el espíritu, narrando cuentos antiguos de fantasmas.

De repente, se oyen ruidos extraños provenientes del bosque.

—¿Qué será eso? —pregunta Luis, un poco asustado.

—Vamos a investigar —dice José, decidido.

Mientras buscan el origen de los sonidos, uno de los espíritus desaparece.

—¿Dónde está? —Laura mira alrededor, preocupada.

Siguiendo pistas que los espíritus dejan, encuentran un objeto que brilla intensamente bajo la luz de la luna.

—Debe ser mágico —dice Ana, fascinada.

Jugando al escondite con los espíritus, la familia siente la presencia del pasado a su alrededor.

—Miren, esas sombras nos muestran cómo vivían —señala Luis, viendo las visiones proyectadas.

Una de las sombras se acerca y, de forma amistosa, les enseña a bailar al ritmo de la música antigua.

—Es como volver en el tiempo —dice Laura, disfrutando del momento.

Sin luces modernas, experimentan la verdadera oscuridad de la noche, iluminada solo por la fogata y las estrellas.

—El cielo está lleno de estrellas —dice José, maravillado mientras los espíritus explican constelaciones antiguas.

Ana siente algo que la roza suavemente, pero al voltear, no hay nada.

—Creo que los espíritus están jugando con nosotros —dice, riendo.

Guiados por un camino de luciérnagas, regresan al campamento, sintiendo una conexión más profunda con el mundo espiritual.

—Esta noche fue mágica —dice Ana, mientras la celebración concluye.

La familia se va a dormir con historias para contar y un gran respeto por las tradiciones y el misterioso mundo de los espíritus de El Argar.

- ambiente - atmosphere
- bailar - to dance
- constelaciones - constellations
- desaparece - disappears
- fogata - bonfire
- luciérnagas - fireflies
- maravillado - amazed
- modernas - modern
- muestran - show
- narrando - narrating
- origen - origin
- proyectadas - projected
- respeto - respect
- ritmo - rhythm
- suavemente - gently
- tradiciones - traditions
- verdadera - true

El Laberinto Espectral

Una mañana, la familia Martínez se despierta frente a un desafío único: un laberinto creado por los espíritus.

—Hoy, su tarea es encontrar la salida de este laberinto espectral —anuncia un espíritu.

El laberinto parece estar vivo, con paredes que cambian y se mueven.

—Cada acertijo resuelto nos acercará a la salida —dice José, liderando el camino.

Pronto, encuentran a un espíritu que les propone un intercambio: pistas por desafíos completados.

—¿Qué es fuerte como un toro pero no tiene peso? —plantea el espíritu.

—La sombra —responde Ana, y el espíritu asiente, señalándoles el camino.

Algunos caminos terminan en visiones del pasado, mostrando batallas y ceremonias antiguas.

—Es como ver la historia con nuestros propios ojos —dice Laura, fascinada.

Descubren una serie de reliquias y las colocan en el altar indicado, abriendo nuevas rutas.

—Este laberinto nos está enseñando sobre su cultura —observa Luis, mientras un espíritu travieso los hace reír desviándolos del camino.

Trabajando juntos, descifran los enigmas que les permiten avanzar.

—Aquí dice que necesitamos cantar para seguir —dice Ana, encontrando una inscripción.

En el corazón del laberinto, hallan un jardín secreto custodiado por un espíritu.

—Este lugar es un refugio para las almas —explica el guardián.

Luis tropieza con un mapa antiguo, ofreciéndoles una vista general del laberinto.

—Ahora sabemos hacia dónde ir —dice, señalando una ruta marcada.

Para avanzar, deben calmar a un espíritu llorón cantando una melodía suave.

—Tu canto ha traído paz a mi corazón —dice el espíritu, abriendo el paso.

El laberinto los pone a prueba con un puzle que deben resolver juntos, fortaleciendo su unión.

—Miren, este espejo nos muestra cómo realmente somos —dice Laura, frente a un espejo mágico al final del laberinto.

Un espíritu sabio les comparte palabras de vida y felicidad, dejando una marca profunda en sus corazones.

—La verdadera sabiduría está en conocerse a sí mismo y valorar a quienes te rodean —les dice.

Al salir del laberinto, se sienten transformados, más unidos y llenos de una nueva comprensión de la vida.

—Esta experiencia nos ha enseñado sobre la perseverancia y la sabiduría —reflexiona José, mirando a su familia con orgullo y amor.

- acertijo - riddle
- altar - altar
- custodiado - guarded
- desafíos - challenges
- enigmas - enigmas
- espejo - mirror
- fascinada - fascinated
- fortaleciendo - strengthening
- llorón - crybaby
- marcada - marked

- melodía - melody
- puzle - puzzle
- refugio - refuge
- reliquias - relics
- sabiduría - wisdom
- transformados - transformed
- travieso - mischievous

El Encuentro con el Guardián

En el corazón de El Argar, la familia Martínez se encuentra frente a una presencia imponente: el espíritu guardián del lugar.

—Soy el guardián de estas tierras —dice con voz profunda.

—Es un honor conocerlo —responde José, con respeto.

El guardián les muestra visiones del pasado, revelando cómo se impartía justicia.

—En nuestro tiempo, la justicia era muy importante —explica.

Les habla de los desafíos y guerras que enfrentó la cultura de El Argar.

—Fueron tiempos difíciles, pero llenos de coraje —añade.

Para ganar su respeto, la familia tiene que superar una prueba de valentía.

—Deben cruzar el valle sin mirar atrás —retan el guardián.

Después de la prueba, el guardián les revela un secreto: hay un antiguo poder oculto bajo el suelo.

—Este lugar es más que solo piedras y tierra —dice.

Les enseña una técnica de meditación para conectar con el mundo espiritual.

—Ahora pueden sentir lo que los espíritus sienten —explica el guardián.

Pero no todo es paz. El guardián les advierte sobre un peligro inminente que amenaza el sitio.

—Deben ayudarnos a proteger este lugar —solicita.

La familia se une a la tarea de restaurar un monumento dañado, asegurando su preservación.

Durante su labor, descubren un artefacto misterioso que muestra visiones del futuro.

—Es un regalo y una advertencia —dice el guardián.

El guardián les habla sobre el sacrificio y su importancia para el bien común.

—A veces, debemos dar algo valioso por el mayor bien —reflexiona.

Frente a ellos se presenta la difícil decisión de arriesgar algo personal por salvar El Argar.

—¿Estamos listos para hacerlo? —pregunta Laura, mirando a su familia.

Descubren la tumba de un rey antiguo, realizando un ritual para honrar su memoria.

—Su legado vivirá por siempre —afirma el guardián.

Por su valentía y sacrificio, el guardián les otorga un don espiritual, fortaleciendo su conexión con El Argar.

—Llevarán consigo un pedazo de este lugar —promete.

Al despedirse, la familia siente una conexión profunda con la tierra y sus guardianes.

—Siempre seremos parte de El Argar —dice José, agradecido.

Con el corazón lleno de nuevas enseñanzas y un sentido renovado de propósito, la familia Martínez continúa su viaje, sabiendo que el espíritu de El Argar los acompañará siempre.

- advertencia - warning
- artefacto - artifact
- conexión - connection
- coraje - courage

- dañado - damaged
- fortaleciendo - strengthening
- inminente - imminent
- impartía - imparted
- legado - legacy
- meditación - meditation
- monumento - monument
- oculto - hidden
- pedazo - piece
- preservación - preservation
- rey - king
- sacrificio - sacrifice
- tumba - tomb

La Despedida

La mañana en El Argar amanece diferente para la familia Martínez. Sienten que su increíble viaje está por terminar.

—Creo que pronto volveremos a casa —dice José, mirando a su familia.

Los espíritus, sintiendo lo mismo, preparan una ceremonia especial para despedirse.

—Queremos darles algo antes de que se vayan —dice uno de los espíritus, entregando a cada uno un regalo único.

Ana recibe un collar, Luis una pequeña herramienta de bronce, Laura una cerámica decorada, y José un pergamino antiguo.

—Estos objetos llevan la esencia de El Argar —explica el espíritu.

Durante la ceremonia, los espíritus comparten una última visión del pasado glorioso de su cultura.

—Miren y recuerden —dice el guardián, mientras imágenes de El Argar en su apogeo flotan ante ellos.

Luego, disfrutan de un festín, probando comidas que no habían comido antes.

—Estas historias y comidas nos han unido —dice Laura, agradecida.

Los espíritus comparten anécdotas de sus vidas, enseñando lecciones valiosas a la familia.

—Prometemos no olvidar lo que hemos aprendido —asegura José.

Un espíritu advierte sobre el peligro del olvido de la historia y sus enseñanzas.

—El Argar vivirá mientras lo recuerden —dice solemnemente.

Ana se despide con tristeza de la sombra amistosa que la acompañó.

—Te voy a extrañar —dice, con lágrimas en los ojos.

Es momento de volver. Los espíritus guían a la familia al portal debajo del gran árbol.

—El Argar influirá en el futuro de maneras que no pueden imaginar —les revelan antes de partir.

—Gracias por todo. Esta aventura ha cambiado nuestras vidas —dice la familia, agradecida.

Los espíritus desaparecen lentamente, dejando a la familia Martínez sola frente al portal.

—Es hora de volver —dice José, tomando la mano de Laura.

Atraviesan el portal juntos, regresando a su tiempo, llenos de recuerdos y enseñanzas que atesorarán por siempre. La experiencia en El Argar no solo les mostró un mundo pasado, sino que también les enseñó sobre la importancia de la familia, la historia y el legado que cada cultura deja detrás.

- anécdotas - anecdotes
- apogeo - peak
- agradecida - grateful
- esencia - essence

- festín - feast
- influirá - will influence
- maneras - ways
- pergamino - parchment
- peligro - danger
- recuerden - remember
- solemnemente - solemnly
- tristeza - sadness
- valores - values
- valiosas - valuable
- volveremos - we will return
- voy a extrañar - I will miss
- volver - to return

El Clímax

Al atravesar el portal de regreso, la familia Martínez se encuentra con una realidad inesperada. El sitio arqueológico de El Argar está cerrado y parece haber sido abandonado hace tiempo.

—¿Qué pasó aquí? —pregunta José, desconcertado.

No encuentran señales de que la cultura de El Argar sea recordada o valorada por otros.

—Parece como si nadie supiera de su existencia —dice Laura, triste.

Intentan compartir su increíble aventura con amigos y conocidos, pero nadie les cree.

—Debe haber sido un sueño —les dicen, escépticos.

Peor aún, los objetos que los espíritus les habían dado como regalos desaparecen, como si nunca hubieran existido.

—Mis dibujos... se han borrado —dice Luis, mirando su cuaderno.

Los recuerdos de su aventura comienzan a desvanecerse, como si se los llevara el viento.

—No podemos dejar que esto pase —decide Ana, comenzando a escribir un diario.

Luis se esfuerza por dibujar de nuevo todo lo que recuerda de El Argar y sus espíritus.

José y Laura dan charlas y conferencias, enfocándose en la importancia de recordar y preservar la historia, incluso cuando parece estar olvidada.

Un día, visitando el lugar donde una vez descansaron bajo el gran árbol, lo encuentran muerto, sus ramas caídas.

—Pero mira esto —dice Ana, señalando una inscripción en una piedra oculta bajo las raíces.

La inscripción es un agradecimiento de los espíritus, una promesa de que siempre recordarán el tiempo compartido.

—Nuestra conexión con El Argar es más fuerte de lo que pensábamos —reflexiona Laura.

Aunque el mundo haya olvidado la riqueza de El Argar, la familia Martínez se convierte en guardiana de su memoria, comprometiéndose a mantener viva su historia.

—Somos los portadores de su legado —dice José, con determinación.

La historia concluye con la familia unida, mirando hacia el sitio de El Argar, sabiendo que, aunque estén solos en su recuerdo, los espíritus y las enseñanzas de El Argar siempre formarán parte de ellos, guiándolos y recordándoles la importancia de la memoria y el legado cultural.

- agradecimiento - gratitude
- aportaciones - contributions
- comprometiéndose - committing
- conferencias - lectures
- desvanecerse - to fade away
- determinación - determination
- desconcertado - puzzled

- enfocándose - focusing
- guardiana - guardian
- inscripción - inscription
- olvidada - forgotten
- preservar - to preserve
- riqueza - richness
- señales - signs
- sobrenatural - supernatural
- tristeza - sadness
- unidos - united

El Secreto del Castillo Andorrano

La Llegada

La familia Ruiz llega al castillo antiguo en Andorra. Es grande y silencioso.

—Qué lugar tan impresionante —dice el padre, Marco.

—Sí, pero me da un poco de miedo —admite Sofía, la madre.

Los niños, Lucas y Marta, están emocionados.

—Dicen que aquí hay fantasmas —comenta Lucas con una sonrisa.

—¿De verdad vamos a quedarnos aquí? —pregunta Marta, un poco nerviosa.

Deciden explorar el castillo.

—Miren, encontré un cuarto secreto —dice Sofía, abriendo una puerta oculta.

Dentro, hay un libro antiguo sobre la historia del castillo.

—Habla de los fantasmas que viven aquí —lee Marco en voz alta.

Por la noche, empiezan a ocurrir cosas extrañas.

—¿Escucharon eso? —pregunta Marta, asustada por los ruidos.

—Las puertas... se cerraron solas —dice Lucas, mirando alrededor.

—Y hace mucho frío aquí —añade Sofía, temblando.

Explorando más, encuentran una llave antigua.

—Debe abrir algo importante —dice Marco, examinándola.

La llave los lleva a un sótano secreto.

—Hay cosas muy raras aquí abajo —observa Lucas, curioso.

De repente, oyen voces susurrando sus nombres.

—Esto es demasiado raro —dice Marta, asustada.

—Necesitamos saber más sobre estos fantasmas —decide Marco.

La familia Ruiz, ahora envuelta en misterio, se prepara para descubrir los secretos del castillo. ¿Qué aventuras y peligros encontrarán en su búsqueda?

- abriendo - opening
- examinándola - examining it
- impresionante - impressive
- nerviosa - nervous
- oculta - hidden
- peligros - dangers
- prepara - prepares
- quedarnos - to stay
- quedarse - to stay
- ruidos - noises
- sótano - basement
- susurrando - whispering
- temblando - trembling
- vacaciones - vacation
- voces - voices
- vuelta - turn

Los Secretos del Castillo

En el sótano, la familia Ruiz encuentra un diario cubierto de polvo.

—Mira lo que encontré —dice Marco, abriendo el diario.

—Habla de una princesa fantasma —lee Marta, asombrada.

—Dice que la encerraron aquí con un hechizo —añade Lucas.

Esa noche, algo increíble sucede. La princesa aparece ante ellos.

—Soy la princesa Elisa. Necesito su ayuda —dice la aparición.

—¿Cómo podemos ayudarte? —pregunta Sofía, compasiva.

—Detrás de esa pared hay un pasadizo secreto —revela la princesa.

Siguiendo sus instrucciones, encuentran el pasadizo y lo exploran.

—Nos lleva a una torre que nunca habíamos visto —dice Marco.

En la torre, hallan un espejo mágico.

—Este espejo puede mostrar la verdad —explica la princesa.

El espejo les revela cómo la maldad se apoderó del castillo.

—Para liberarme, deben realizar un ritual antiguo —les dice Elisa.

Preparan el ritual, pero de repente, el cielo se oscurece.

—¿Qué es esto? —pregunta Marta, asustada por la tormenta.

Risas malévolas llenan el aire y objetos comienzan a volar.

—Algo no quiere que rompamos el hechizo —dice Lucas, esquivando un libro volador.

La princesa les advierte de un peligro aún mayor.

—Hay un espíritu oscuro aquí. Él me encerró —revela.

—Debemos ser cuidadosos —dice Marco, decidido a enfrentar al espíritu.

La familia ahora sabe que la lucha que enfrentan es contra un enemigo poderoso y malvado. ¿Lograrán romper el hechizo y liberar a la princesa? La aventura de los Ruiz en el castillo se vuelve cada vez más peligrosa.

- añade - adds
- aparece - appears
- aparición - apparition
- compasiva - compassionate
- cuidadosos - careful
- esquivando - dodging

- hechizo - spell
- increíble - incredible
- malévolas - malevolent
- oscurece - darkens
- oscuro - dark
- peligroso - dangerous
- revela - reveals
- revelar - to reveal
- sucede - happens
- tormenta - storm
- volando - flying

La Batalla Contra el Espíritu Oscuro

La noche cae sobre el castillo, y la familia Ruiz se prepara para enfrentar al espíritu oscuro.

—Tiene que haber una manera de detenerlo —dice Marco, decidido.

Descubren en el diario que el espíritu fue un rey malvado.

—Este rey causó mucho dolor —explica Marta, leyendo.

Encuentran un hechizo antiguo que puede encerrar al espíritu.

—Pero necesitamos un objeto especial —dice Lucas, señalando el libro.

La búsqueda los lleva a la biblioteca secreta del castillo.

—Aquí está el objeto, pero ¿cómo lo conseguimos? —pregunta Sofía, mirando los acertijos que lo protegen.

Juntos, resuelven los acertijos y toman el objeto.

—Ahora, al espejo mágico en la torre —dice Marco, liderando el camino.

Mientras preparan el hechizo, el espíritu oscuro intenta engañarlos con ilusiones.

—No es real. Tenemos que concentrarnos —advierte Lucas.

La princesa Elisa aparece para ayudarlos a ver la verdad.

—Gracias, princesa —dice Marta, agradecida.

Con todo listo, comienzan el hechizo bajo la luna llena.

—¡Ahora! —grita Marco, y el hechizo comienza.

El espíritu oscuro lucha furiosamente para escapar.

—¡No puede ser! —exclama el espíritu, intentando liberarse.

La batalla es intensa, pero la familia se mantiene fuerte.

Finalmente, logran encerrar al espíritu en el espejo.

—Lo hicimos —dice Sofía, aliviada.

Pero cuando miran alrededor, la princesa Elisa ha desaparecido.

—¿Dónde está la princesa? —pregunta Marta, preocupada.

—La hemos perdido —dice Lucas, triste.

La familia se queda pensativa, preguntándose si su victoria tuvo un precio demasiado alto. ¿Habrá alguna manera de traer a la princesa de vuelta, o su sacrificio será en vano? La aventura en el castillo de Andorra les enseña sobre el valor y los sacrificios necesarios para enfrentar la oscuridad.

- acertijos - riddles
- enfrentar - to face
- engañarlos - deceive them
- espejo - mirror
- furiosamente - furiously
- ilusiones - illusions
- intensa - intense
- listo - ready
- lucha - fight
- lunar - lunar
- pensativa - pensive
- príncesa - princess
- protegen - protect

- sacrificio - sacrifice
- torre - tower
- vano - in vain
- victoria - victory

La Desaparición de la Princesa

La familia Ruiz se siente triste por la desaparición de la princesa fantasma, Elisa.

—No puedo creer que se haya ido —dice Marta, con lágrimas en los ojos.

Encuentran una nota bajo el espejo mágico.

—Es de la princesa —dice Lucas, leyéndola en voz alta.

La nota explica que solo podía ser liberada junto con el espíritu oscuro.

—¿Entonces la hemos perdido para siempre? —pregunta Sofía, preocupada.

—Debe haber otra manera de traerla de vuelta —afirma Marco con esperanza.

Deciden buscar en el castillo cualquier pista que puedan encontrar.

En una habitación oculta, hallan artefactos mágicos antiguos.

—Miren esto, parece que puede comunicarse con los espíritus —dice Lucas, señalando un objeto extraño.

Usan el artefacto para intentar contactar a Elisa.

—Princesa Elisa, ¿puedes oírnos? —pregunta Marta.

La voz de Elisa resuena débilmente, dándoles una última esperanza.

—Hay una joya mágica... es la clave —les dice.

Entusiasmados, comienzan la búsqueda de la joya en el castillo.

—Esta búsqueda será peligrosa —advierte Marco.

En el camino, encuentran trampas y acertijos.

—Tenemos que ser cuidadosos —dice Sofía, mirando las trampas.

Finalmente, descubren la joya en una cámara subterránea.

—Aquí está —exclama Lucas, tomando la joya.

Pero al tomarla, una maldición se activa.

—¿Qué hemos hecho? —grita Marta, mientras los espíritus comienzan a liberarse.

Los espíritus del castillo se liberan, creando un caos.

—Tenemos que arreglar esto —dice Marco, determinado.

La familia se da cuenta de que han desatado una nueva amenaza al intentar salvar a Elisa. ¿Podrán solucionar el caos que han creado y encontrar una manera de traer a la princesa fantasma de vuelta? La aventura en el castillo se torna aún más peligrosa y misteriosa.

- acertijos - riddles
- activa - activates
- artefactos - artifacts
- cámara - chamber
- clave - key
- comunicarse - to communicate
- débilmente - weakly
- desatado - unleashed
- hallan - they find
- lágrimas - tears
- maldición - curse
- resuena - resonates
- subterránea - underground
- trampas - traps
- traerla - to bring her
- triste - sad
- última - last

El Clímax

Los espíritus vuelan por todo el castillo, creando un caos total.

—¡No podemos dejar que siga así! —grita Marco, decidido.

La princesa fantasma, Elisa, aparece entre ellos, más brillante que nunca.

—Tienen que irse, es demasiado peligroso —les dice con urgencia.

—No sin antes intentar arreglar esto —responde Sofía, tomando la joya.

Descubren que la joya debe ser activada en un antiguo altar en los jardines.

—Es allí, ¡vamos! —dice Lucas, señalando hacia los jardines.

Mientras comienzan el ritual, los espíritus forman un círculo a su alrededor.

Elisa lucha contra los espíritus más oscuros, protegiendo a la familia.

—Este ritual... necesita un sacrificio —revela Marta, leyendo las instrucciones.

La decisión es difícil. ¿Quién se quedará atrás?

—No, lo haremos juntos. Todos somos una familia —dice Marco, firme.

Con lágrimas en los ojos, completan el ritual juntos, aceptando su destino.

La luz del ritual ilumina todo el castillo, y los espíritus comienzan a desaparecer.

La maldición se rompe, pero la familia Ruiz se convierte en parte del castillo.

—Somos los nuevos guardianes —dice Sofía, aceptando su nuevo rol.

El castillo se sella, protegido ahora por la familia y la princesa Elisa.

—Cuidaremos este lugar, juntos —dice Lucas, mirando a los alrededores.

El castillo queda en silencio, esperando a que algún visitante descubra sus secretos y la historia de la valiente familia Ruiz, que se convirtió en su eterna protectora. La aventura en Andorra termina con el castillo en paz, pero con un nuevo misterio por descubrir.

- aceptando - accepting
- altar - altar
- aparece - appears
- brillante - bright
- decidido - determined
- desaparecer - to disappear
- destino - destiny
- forman - they form
- ilumina - illuminates
- maldición - curse
- protectora - protective
- revela - reveals
- riesgo - risk
- sacrificio - sacrifice
- sella - seals
- urgencia - urgency
- valiente - brave

El Susurro del Océano

La partida

Cinco amigos, Ana, Luis, Carlos, Marta y Jorge, están en un yate. El sol brilla y el mar es azul.

—¿Están listos para esta aventura? —pregunta Ana con una sonrisa.

—¡Sí! —responden todos emocionados.

Mientras navegan, hablan y ríen. El mar es hermoso y tranquilo.

—He leído sobre tesoros en el mar —dice Carlos, mirando el agua.

—Y yo sobre piratas —añade Luis con una risa.

Una noche, ven algo en la distancia.

—Mira, ¿qué es eso? —pregunta Marta, señalando una luz.

—Vamos a ver —dice Jorge, curioso.

Se acercan y encuentran un barco antiguo.

—Es un barco de vela viejo —dice Ana, impresionada.

—Parece abandonado —comenta Carlos.

Todos sienten una extraña atracción hacia el barco.

—Deberíamos explorarlo —sugiere Luis.

Suben al barco. Está oscuro y lleno de telarañas.

—¡Guau, mira esto! —exclama Marta, encontrando un mapa antiguo.

—Es increíble —dice Jorge, tocando un viejo timón.

El aire se siente pesado y escuchan ruidos.

—¿Escucharon eso? —pregunta Ana, nerviosa.

—Sí, pero estará bien —responde Carlos, intentando estar tranquilo.

Deciden ignorar los sonidos y seguir explorando, llenos de curiosidad y un poco de miedo.

- acercan - they approach
- añade - adds
- atracción - attraction
- curioso - curious
- hermoso - beautiful
- impresionada - impressed
- ignorar - to ignore
- intentando - trying
- llenos - full
- noche - night
- oscuro - dark
- ruidos - noises
- telarañas - cobwebs
- tesoros - treasures
- timón - helm
- tranquilo - calm
- viejo - old

Los primeros signos

Ana, Luis, Carlos, Marta y Jorge siguen en el barco antiguo.

—Miren esto —dice Carlos, mostrando una brújula que no para de girar.

—Es muy extraño —responde Ana, frunciendo el ceño.

De repente, sienten un frío que les recorre el cuerpo.

—¿Hace más frío aquí? —pregunta Marta, abrazándose.

—Sí, y mira, esa puerta se cerró sola —dice Jorge, señalando.

Luis mira alrededor.

—Y esas sombras… se mueven muy rápido.

Los objetos comienzan a cambiar de lugar sin que nadie los toque.

—¿Oyeron eso? —Ana se detiene. —Pasos arriba.

Un viento frío sopla, pero todas las ventanas están cerradas.

Carlos encuentra un diario antiguo. Al abrirlo, todas las páginas están en blanco.

—Es raro, ¿no? —comenta.

Las luces comienzan a parpadear.

—Siento como si alguien nos mirara —dice Marta, mirando alrededor.

—Y esos susurros… ¿los oyen? —pregunta Luis.

De vuelta en el yate, notan que la comida se ha descompuesto.

—Pero si estaba bien hace un rato —dice Jorge, confundido.

Mirando el reloj, ven que se detiene justo a medianoche.

—No puedo dormir —dice Ana más tarde. —Tengo pesadillas.

—Yo también —dice Carlos. —Algo no está bien aquí.

—Deberíamos averiguar qué pasa en este barco —dice Luis, decidido.

Todos asienten, aunque sienten miedo, saben que deben descubrir el misterio del barco antiguo.

- abrazándose - hugging oneself
- asienten - they nod
- brújula - compass
- confundido - confused
- cuerpo - body
- descompuesto - decomposed
- frunciendo - frowning
- gira - spins
- medianoche - midnight

- misterio - mystery
- mueven - move
- oyeron - they heard
- parpadear - to flicker
- recorre - runs through
- reloj - clock
- sombras - shadows
- susurros - whispers

La noche de terror

Después de los extraños eventos, los amigos deciden quedarse en el barco durante la noche.

—Vamos a quedarnos despiertos en turnos —propone Ana.

—Buena idea. Así uno puede descansar mientras otro vigila —dice Carlos.

La noche es oscura y el viento comienza a soplar más fuerte.

—¿Vieron eso? —susurra Marta, señalando hacia la oscuridad.

—Son… ¿figuras? —Luis intenta ver mejor.

Los ruidos se intensifican, como si alguien caminara por el barco.

De repente, escuchan sus nombres susurrados en el aire.

—¿Quién nos llama? —Jorge mira a todos lados.

Sienten toques en sus hombros, pero al voltear, no hay nadie.

—Mira, esa vela se encendió sola —dice Ana, asustada.

Una tormenta comienza fuera, y el barco empieza a moverse más fuerte.

—Estamos atrapados aquí —dice Luis, preocupado.

Mirando un espejo, ven sus reflejos distorsionados, casi irreconocibles.

—Esas figuras… ahora se ven más claras —murmura Carlos.

De repente, se dan cuenta de que Marta no está con ellos.

—¿Dónde está Marta? —pregunta Jorge, asustado.

Escuchan risas que no parecen venir de ningún lugar.

—Tenemos que encontrar a Marta —dice Ana, decidida.

Los amigos se sienten más asustados que nunca, pero saben que deben unirse para enfrentar lo que sea que esté sucediendo en el barco.

- atrapados - trapped
- caminara - would walk
- distorsionados - distorted
- encendió - lit up
- intensifican - intensify
- irreconocibles - unrecognizable
- murmurar - to murmur
- reflejos - reflections
- risas - laughs
- soplar - to blow
- toques - touches
- turno - turn
- unirse - to join
- vigila - watches
- voltear - to turn around
- vuelve - returns
- vuela - flies

La búsqueda

Los amigos comienzan a buscar a Marta por todo el barco.

—¡Marta! ¿Dónde estás? —grita Ana, preocupada.

—Aquí no hay nada —dice Carlos, revisando otro cuarto.

De repente, los eventos paranormales se vuelven más intensos.

—¿Sentiste eso? —pregunta Luis, cuando una puerta se abre sola frente a ellos.

—Nunca había visto este lugar —dice Jorge, entrando a una sala llena de objetos antiguos.

En la sala, encuentran mensajes escritos que parecen ser de los antiguos marineros.

—Nos están tratando de decir algo —murmura Ana, leyendo los mensajes.

Una sombra pasa rápidamente por delante de ellos y los guía.

—Síganla —dice Carlos, decidido.

Sienten una presencia oscura y pesada en el aire.

—Esto se siente mal —dice Luis, con miedo.

Encuentran el diario del capitán y descubren una maldición antigua.

—Esto explica muchas cosas —dice Jorge, leyendo.

La comida y el agua comienzan a desaparecer.

—¿Cómo vamos a sobrevivir? —pregunta Ana, preocupada.

Encuentran un reloj antiguo. Está contando regresivamente.

—Algo va a pasar cuando llegue a cero —dice Carlos, observando el reloj.

De repente, Luis empieza a comportarse de manera extraña.

—¿Luis? ¿Estás bien? —pregunta Jorge, nervioso.

Encuentran una celda con inscripciones en las paredes.

—Esto debe ser una pista —dice Ana, examinando las inscripciones.

La búsqueda se vuelve más desesperada, pero están determinados a encontrar a Marta y desentrañar los misterios del barco.

- antiguo - ancient
- comportarse - to behave
- celda - cell
- contando - counting
- desentrañar - to unravel
- intensos - intense
- inscripciones - inscriptions
- marineros - sailors
- mensajes - messages
- misterios - mysteries
- paranormales - paranormal
- pasar - to pass
- presencia - presence
- regresivamente - regressively
- sobrevivir - to survive
- trata - tries
- vuelven - become

La revelación

Mientras buscan a Marta, los amigos descubren un viejo libro que cuenta la historia del barco y su tripulación maldita.

—Dice aquí que para liberar el barco, debemos romper la maldición —explica Ana, leyendo el libro.

—¿Cómo hacemos eso? —pregunta Carlos, intrigado.

—Necesitamos objetos mágicos. Miren, aquí dice cuáles son —dice Jorge, señalando el libro.

De repente, la entidad maligna se muestra ante ellos en su verdadera forma.

—Es... es real —dice Luis, asustado.

—Los eventos paranormales están en su máximo —observa Ana, mientras objetos vuelan por la sala.

—Debemos trabajar juntos para hacer el ritual —dice Jorge, decidido.

Mientras preparan el ritual, ven visiones del pasado del barco.

—Los espíritus de la tripulación... nos están pidiendo ayuda —dice Marta, apareciendo entre ellos, pálida pero sana.

—Tenemos que superar estos obstáculos para ayudarles —dice Carlos, mientras enfrentan vientos sobrenaturales y sombras que intentan detenerlos.

—Pude hablar con Marta. Me dijo que esta noche es nuestra única oportunidad para hacer el ritual —explica Ana.

La tormenta fuera del barco se vuelve más fuerte, reflejando su lucha interna.

—Aquí, este es el lugar para el ritual —dice Luis, encontrando un círculo de piedras en la cubierta.

—Los espíritus no quieren que lo hagamos. Nos están deteniendo —dice Marta, mientras sombras oscuras se ciernen sobre ellos.

—Pero tenemos que intentarlo. A medianoche, empezamos —dice Jorge, mirando su reloj.

Con la tormenta rugiendo sobre ellos, comienzan el ritual para romper la maldición y liberar las almas atrapadas en el barco.

- almas - souls
- apariciones - apparitions
- entidades - entities
- intrincado - intricate
- maligna - malign
- oportunidad - opportunity
- pidiendo - asking
- preparan - they prepare
- reflejando - reflecting
- revelación - revelation

- sobrenaturales - supernatural
- tripulación - crew
- verdadera - true
- vientos - winds
- visiones - visions
- vuelan - fly
- vuelven - they become

El desenlace

Después de completar el ritual, los amigos se dan cuenta de que la entidad aún resiste.

—Creí que había funcionado —dice Ana, mirando cómo el barco empieza a hundirse.

—Tenemos que salir de aquí, ¡rápido! —grita Jorge.

Intentan correr hacia el yate, pero la entidad los ataca una última vez.

—¡No nos dejará ir! —exclama Luis, mientras esquivan objetos voladores.

Durante la huida, pierden algunos de los objetos mágicos que habían recogido.

Con dificultad, finalmente llegan al yate y se alejan del barco que ahora se hunde.

—Miren, la tormenta está parando —dice Marta, aliviada.

Pero entonces, se dan cuenta de que algo no está bien.

—¿Dónde está Carlos? —pregunta Ana, mirando a su alrededor.

El mar se calma, como si guardara el secreto del barco y su historia.

—Él... él se quedó atrás —dice Jorge, con tristeza.

Los amigos se sienten aliviados por haber escapado, pero tristes por la pérdida de Carlos.

—Esta aventura nos ha cambiado. No seremos los mismos —reflexiona Luis.

Mirando hacia atrás, ven cómo el barco desaparece en la niebla, llevándose con él sus secretos y recuerdos.

—Siempre recordaremos esto. Y a Carlos —dice Ana, mientras se alejan, dejando atrás el misterio del barco.

- alejarse - to move away
- atacar - to attack
- desenlace - ending
- dificultad - difficulty
- entidad - entity
- escapar - to escape
- hundirse - to sink
- huida - escape
- niebla - fog
- objetos voladores - flying objects
- parando - stopping
- perder - to lose
- quedarse - to stay
- recoger - to pick up
- resistir - to resist
- tristeza - sadness

Ecos del Pasado en Zanzíbar

Llegada a Zanzíbar

Un grupo de amigos, Ana, Carlos, Luisa, y Marco, llegan a Zanzíbar, llenos de emoción y listos para explorar.

—¡Mira esas calles! —exclama Ana, maravillada por el colorido del lugar.

—Y ese sonido... es el llamado del muecín, ¿verdad? —pregunta Marco, escuchando atentamente.

—Sí, es hermoso y misterioso al mismo tiempo —responde Luisa.

Caminan bajo el sol caliente, admirando las tiendas y los mercados vibrantes.

—El calor es intenso aquí —comenta Carlos, secándose la frente.

Deciden entonces visitar el antiguo mercado de esclavos, un lugar lleno de historia.

—Es increíble pensar en todo lo que pasó aquí —dice Ana, con un tono serio.

—Sí, es una parte triste de la historia —añade Luisa, leyendo una placa informativa.

Después de un rato, buscan un lugar para descansar.

—Aquel árbol parece perfecto para descansar un poco —sugiere Marco, señalando hacia un gran árbol sombreado.

Mientras descansan, una sensación extraña comienza a envolverlos.

—¿Sientes eso? Como si... como si el aire fuera más pesado aquí —dice Carlos, mirando a su alrededor.

—Y estos susurros... ¿los oyen? —pregunta Luisa, una expresión de confusión en su rostro.

—No entiendo lo que dicen... es extraño —murmura Ana.

De repente, todos notan un descenso en la temperatura y sombras que se mueven rápidamente.

—Chicos, algo no está bien aquí —dice Marco, inquieto.

—Sí, hay algo... en el aire. Algo que no podemos ver —afirma Ana, con una mirada seria.

Los amigos se miran entre sí, sintiendo que esta aventura podría llevarlos mucho más allá de lo que habían imaginado.

* árbol - tree
* calles - streets
* calor - heat
* descansar - to rest
* emoción - excitement
* esclavos - slaves
* hermoso - beautiful
* muecín - muezzin (a Muslim official who calls people to prayer)
* pesado - heavy
* placa informativa - informational plaque
* sombras - shadows
* sonido - sound
* susurros - whispers
* temperatura - temperature
* tono - tone
* vibrantes - vibrant

El despertar

Mientras el grupo descansa bajo el árbol, los susurros se intensifican.

—¿Escuchan eso? Las voces... son más claras ahora —dice Luisa, con miedo.

—No entiendo lo que dicen. Es... es como otra lengua —responde Ana, intentando escuchar mejor.

De repente, una brisa fría los hace estremecer a pesar del calor.

—¿De dónde viene este frío? —pregunta Marco, mirando alrededor.

Las sombras parecen moverse solas, corriendo junto a ellos.

—Vi algo... allá —dice Carlos, señalando hacia un lado—. Como una sombra.

Una voz melancólica rompe el silencio, cantando una canción desconocida.

—Esa canción... es tan triste —murmura Ana.

El suelo debajo de ellos tiembla ligeramente.

—¿Sintieron eso? Como si la tierra se moviera —dice Luisa, asustada.

De repente, Ana siente como si alguien la tocara.

—Alguien... alguien me tocó el hombro —dice, buscando a su alrededor.

Carlos ve una figura translúcida a lo lejos.

—Allí... hay alguien allí —señala, su voz temblando.

Los objetos personales comienzan a desaparecer, creando más pánico.

—¡Mi cámara! Desapareció y... ¡ahora está allá! —exclama Marco, sorprendido.

Sonidos de cadenas arrastrándose se oyen cerca, aumentando el terror.

—Esos sonidos... son como cadenas —dice Luisa, temblando.

Una tristeza profunda se apodera de todos, casi palpable.

—Me siento... tan triste de repente —dice Ana, con lágrimas en los ojos.

Sus teléfonos y cámaras dejan de funcionar, dejándolos sin comunicación.

—Mi teléfono... no funciona —dice Carlos, frustrado.

Nuevas inscripciones aparecen en los árboles, misteriosas y antiguas.

—¿Qué... qué significarán estas marcas? —pregunta Marco, intrigado.

Un viento frío apaga todas las luces, sumiéndolos en la oscuridad.

—No podemos quedarnos aquí. Tenemos que irnos —dice Luisa, decidida.

El grupo, impulsado por el miedo, decide escapar del mercado de esclavos, sintiendo una presencia invisible que los persigue.

* arrastrándose - dragging
* cadenas - chains
* canción - song
* estremecer - to shiver
* frío - cold
* inscripciones - inscriptions
* lengua - language
* melancólico - melancholic
* misterioso - mysterious
* palpable - palpable
* persiguiendo - chasing
* pánico - panic
* temblando - trembling
* translúcido - translucent
* tristeza - sadness
* vacío - empty (in the context of phones or cameras not working)
* voz - voice

La persecución

Corriendo por las calles de Zanzíbar, los amigos sienten el peso de una persecución invisible.

—¿Oyeron eso? —pregunta Luisa, deteniéndose un momento—. Son pasos detrás de nosotros.

—No hay nadie —dice Marco, mirando hacia atrás.

A su paso, las luces parpadean y se extinguen, sumiendo la calle en la oscuridad.

—Alguien... alguien nos llamó —susurra Ana, asustada.

En su camino, tropiezan con cadenas y otros objetos antiguos.

—Esto es... es de los esclavos —dice Carlos, levantando una cadena oxidada.

Esa noche, los sueños los atormentan, llenos de imágenes perturbadoras.

—No pude dormir —confiesa Luisa al día siguiente—. Soñé con esclavos... y cadenas.

Mirando en los espejos, ven figuras que no deberían estar allí.

—Hay alguien más en mi reflejo —dice Marco, pálido.

Mensajes aparecen en sus habitaciones, advirtiéndoles, amenazándoles.

—¿Quién escribió esto? —pregunta Ana, señalando las palabras en la pared.

Siguiendo a una figura espectral, terminan en un callejón sin salida.

—Nos llevó a una trampa —dice Carlos, mirando alrededor.

Intentan avanzar, pero una fuerza los detiene, como si las sombras mismas los empujaran hacia atrás.

—No puedo moverme —grita Luisa, luchando contra la fuerza invisible.

El sonido de cadenas y lamentos llena el aire, escalofriante y constante.

—Es como si estuvieran aquí con nosotros —murmura Ana.

De repente, un aroma a mar y madera invaden el lugar, transportándolos en el tiempo.

—Huele a... a barco —dice Marco, inhalando.

La temperatura cae, y la escarcha cubre el suelo, un fenómeno imposible en el clima de Zanzíbar.

—Mira el suelo —dice Carlos, señalando la escarcha.

Encuentran a un anciano que les habla con seriedad.

—Deben tener cuidado. Los espíritus buscan venganza —les advierte con una mirada grave.

Los amigos se miran entre sí, dándose cuenta de que están metidos en algo mucho más grande y oscuro de lo que imaginaban.

- advirtiéndoles - warning them
- amenazándoles - threatening them
- atormentan - torment
- callejón sin salida - dead end
- constante - constant
- espectral - ghostly
- escarcha - frost
- imposible - impossible
- perturbadoras - disturbing
- persecución - pursuit
- seriedad - seriousness
- sombras - shadows
- sueños - dreams
- transportándolos - transporting them
- tropiezan - stumble
- venganza - revenge

El encuentro

Después de la advertencia del anciano, los amigos deciden profundizar en la historia del mercado.

—Necesitamos entender más sobre esto —dice Ana, determinada.

—Hay una biblioteca antigua aquí en Zanzíbar. Podríamos encontrar algo allí —sugiere Luisa.

En la biblioteca, buscan en registros antiguos y encuentran el diario de un comerciante de esclavos.

—Dice que se arrepintió de sus acciones y habla de un ritual para apaciguar a los espíritus —lee Marco.

Esa noche, un espíritu les aparece en sueños y les muestra dónde está enterrado el diario.

—Nos mostró un lugar... bajo el gran árbol del mercado —dice Carlos, recordando su sueño.

Al día siguiente, excavan cerca del árbol y encuentran una vieja bodega con objetos rituales.

—Estos deben ser para el ritual del que hablaba el diario —dice Ana, examinando los objetos.

El espíritu se comunica con ellos, compartiendo su dolor y su historia.

—Siento una tristeza tan profunda... Es como si pudiera sentir lo que ellos sintieron —confiesa Luisa, emocionada.

Siguiendo un mapa antiguo encontrado junto al diario, llegan a un lugar oculto donde encuentran cadenas y grilletes enterrados.

—Todo esto... es tan real ahora —dice Marco, impactado.

Las apariciones se vuelven más claras, casi como si quisieran ser vistas y escuchadas.

—Están aquí... con nosotros —murmura Carlos, viendo las figuras espectrales.

Una sensación de urgencia los invade, sabiendo que deben completar el ritual pronto.

—Tenemos que hacer esto. Por ellos —dice Ana, con convicción.

Sin embargo, sienten resistencia, como si una fuerza oscura intentara detenerlos.

—Algo no quiere que terminemos esto —dice Luisa, sintiendo la hostilidad en el aire.

Descubren una cripta oculta con restos de esclavos que nunca encontraron paz.

—Es nuestra responsabilidad ayudarlos a descansar —afirma Marco.

Los espíritus les muestran visiones de su pasado, llenas de dolor pero también de esperanza.

—Nos están pidiendo justicia... y paz —dice Carlos, conmovido.

Los amigos se unen más que nunca, decididos a completar el ritual y dar descanso a las almas que han sufrido tanto.

- apaciguar - to appease
- cadenas - chains
- convicción - conviction
- cripta - crypt
- emocionada - excited
- espíritu - spirit
- grilletes - shackles
- hostilidad - hostility
- oculto - hidden
- pertenencia - belonging
- resistencia - resistance
- rituales - rituals
- sufrido - suffered
- tristeza - sadness
- urgencia - urgency
- visiones - visions
- vivida - vivid

La preparación

En la víspera del ritual, los amigos se reúnen para organizar todo lo necesario.

—Tenemos los objetos que encontramos en la bodega —dice Carlos, revisando una lista.

—Y las palabras del diario... tenemos que decirlas correctamente —añade Ana, practicando la pronunciación.

Esa noche, sienten una presencia intensa alrededor.

—Los espíritus... nos están mostrando cómo hacerlo —dice Luisa, sintiendo una guía invisible.

Los sonidos de tambores y cánticos empiezan a llenar el ambiente, creando una atmósfera mística.

—Miren, sobre el lugar del ritual... hay una luz —observa Marco, señalando hacia el cielo.

Preparan cuidadosamente el círculo de sal y colocan las velas.

—Esto nos protegerá —dice Ana, encendiendo la primera vela.

Los espíritus se acercan, formando un círculo protector.

—Es como si nos estuvieran dando su bendición —murmura Carlos.

Una paz inexplicable se asienta sobre ellos, a pesar de la creciente actividad paranormal.

—Todo está listo —dice Luisa, mirando los objetos brillar con energía.

Encuentran un pergamino oculto, revelando el último paso del ritual.

—Esto es lo que necesitamos para terminar —dice Marco, leyendo el pergamino.

Las figuras de los esclavos se vuelven más visibles, transmitiendo tranquilidad.

—Nos están agradeciendo por lo que vamos a hacer —dice Ana, conmovida.

Desde lejos, sienten la ira de la entidad maligna.

—No le gusta lo que estamos haciendo —comenta Luisa, sintiendo la hostilidad.

Pero juntos, refuerzan su determinación.

—Por ellos, terminaremos esto —dice Carlos, firme.

La comunidad local se acerca, ofreciéndoles apoyo y bendiciones.

—Gracias. Su apoyo significa mucho para nosotros —dice Marco, agradecido.

Con todo listo, los amigos se preparan para el ritual, sabiendo que lo que están por hacer podría cambiar todo.

- actividad - activity
- bendiciones - blessings
- cánticos - chants
- creciente - growing
- energía - energy
- inexplicable - inexplicable
- ira - anger
- lejos - far
- mística - mystical
- pergamino - parchment
- presencia - presence
- protector - protective
- refuerzan - reinforce
- tambores - drums
- tranquilidad - tranquility
- visible - visible
- víspera - eve

El ritual

Bajo la luz de una luna llena, los amigos se colocan en el círculo preparado, listos para comenzar.

—Es hora —dice Ana, mirando al cielo nocturno.

Juntos, empiezan a recitar las palabras antiguas, llenas de poder y esperanza.

—Que los espíritus encuentren la paz —declara Marco con voz fuerte.

Los objetos colocados alrededor brillan intensamente, como estrellas en la tierra.

—Miren —susurra Luisa—. Los espíritus están con nosotros.

Alrededor del círculo, las figuras de los esclavos aparecen, entonando cánticos antiguos.

—Están ayudándonos —dice Carlos, emocionado.

Pero la entidad maligna surge, intentando dispersar el círculo de sal.

—¡No la dejaremos! —grita Ana, concentrándose aún más en el ritual.

Una energía abrumadora fluye a través de ellos, uniéndolos en su propósito.

—Se están rompiendo las cadenas —dice Marco, mientras el sonido de hierro fracturándose llena el aire.

Del cielo, desciende una luz celestial, iluminando todo el mercado.

—Están ascendiendo... están siendo liberados —murmura Luisa, lágrimas en sus ojos.

La entidad maligna, enfrentándose a la luz, comienza a disolverse.

—Está funcionando —dice Carlos, asombrado.

Con una explosión final de energía, el ritual se completa, llenando el lugar de una calma inquebrantable.

Exhaustos, los amigos se sientan, sintiendo una paz que nunca antes habían experimentado.

Al amanecer, observan cómo el mercado ha cambiado, como si una nueva vida hubiera sido infundida en él.

Los habitantes se acercan, sonriendo y agradeciendo.

—Han traído paz a nuestros ancestros y a nosotros. Gracias —dice un anciano, con gratitud.

Los amigos se miran entre sí, sabiendo que lo que hicieron esa noche cambiaría Zanzíbar para siempre.

- ancestros - ancestors
- ascendiendo - ascending
- calma - calm
- dispersar - to disperse
- entidad - entity
- energía - energy
- explotar - to explode
- fracturándose - fracturing
- inquebrantable - unbreakable
- liberados - liberated
- propósito - purpose
- recitar - to recite
- surge - emerges
- uniéndolos - uniting them
- voraz - voracious

La despedida

La mañana siguiente, el grupo de amigos empaca sus cosas, listos para dejar Zanzíbar.

—No puedo creer que ya nos vamos —dice Luisa, mirando su maleta.

—Me siento feliz y triste al mismo tiempo —admite Marco.

La comunidad local se acerca para despedirse, entregándoles pequeños regalos.

—Esto es para que siempre recuerden Zanzíbar —dice una mujer, entregándoles artesanías.

Mirando alrededor, notan la calma y la ausencia de las sombras que una vez los atormentaron.

—El mercado... se ve tan diferente ahora, tan lleno de vida — observa Carlos.

—Nunca olvidaré lo que pasó aquí. Siento como si parte de mi alma se quedara —confiesa Ana.

Mientras se preparan para irse, sienten una presencia amigable. Un espíritu sonriente les hace un gesto de despedida sin decir palabra.

—Ellos también nos están diciendo adiós —dice Luisa, con lágrimas en los ojos.

—La historia de este lugar... ha cambiado gracias a nosotros — reflexiona Marco.

—Volveremos, algún día —promete Ana, mirando hacia el mercado.

En el aeropuerto, mientras esperan su vuelo, comparten fotos y recuerdos de su aventura.

—Somos diferentes ahora, más fuertes —dice Carlos, mirando las fotos en su cámara.

Un viento cálido sopla a través del aeropuerto, como si la isla les enviara un último adiós.

—Adiós, Zanzíbar —dicen al unísono, mientras el avión comienza a despegar.

Mirando por la ventana, ven cómo la isla se aleja, pero saben que Zanzíbar siempre tendrá un lugar especial en sus corazones.

- admite - admits
- aeropuerto - airport
- artesanías - crafts
- ausencia - absence
- calma - calm
- confiesa - confesses
- despegar - to take off
- diferencia - difference
- gesto - gesture
- isla - island
- parte - part
- presencia - presence
- promete - promises
- recuerdos - memories
- regalos - gifts
- sonriente - smiling
- unísono - unanimously

Sombras Bajo el Hielo

La partida

En una base en Grahamland, un grupo de científicos españoles se prepara para una aventura inolvidable.

—Hoy mandamos postales a casa —dice José, mostrando una postal con un sello brillante de la Antártida.

—Mis hijos van a adorar esto —responde Ana, sonriendo mientras escribe un mensaje a su familia.

Mientras revisan sus equipos, la emoción y el nerviosismo se mezclan en el aire.

—¿Tienen todo listo? —pregunta Carlos, verificando las listas de suministros.

—Sí, aunque no sé qué esperar de esta expedición —admite Luisa, con una mezcla de expectativa y ansiedad.

La noche antes de la partida, se reúnen para compartir historias sobre lo que podrían encontrar.

—Dicen que estas tierras esconden más secretos que cualquier otro lugar en la Tierra —comenta Miguel, intrigando a los demás.

—Solo espero ver las auroras —dice Ana, soñadora.

Pero no todos comparten su entusiasmo.

—Lo desconocido siempre trae sorpresas, no todas agradables —advierte Carlos, pensativo.

Al amanecer, con el sol apenas asomándose en el horizonte, inician su viaje.

—¡Vamos, equipo! —anima José, liderando el grupo hacia lo desconocido.

Durante una semana, atraviesan terrenos helados y enfrentan desafíos naturales, cada día más cerca de su objetivo.

—Estas montañas... nadie ha estado aquí antes —dice Luisa, mirando el mapa.

Finalmente, descubren una entrada oculta a un sistema de cuevas bajo el hielo.

—Deberíamos explorarla, podría ser un gran descubrimiento —sugiere Miguel.

Con cautela, se adentran en la cueva, llevando consigo todo lo necesario para la exploración.

—Esto es enorme, sigue y sigue —comenta José, mientras avanzan por los oscuros pasajes.

Pero conforme se adentran, una sensación de malestar crece entre ellos.

—¿Sienten eso? Como si... algo no quisiera que estuviéramos aquí —dice Ana, nerviosa.

Ignorando sus temores, continúan, sin saber que algo antiguo y malvado despierta en las profundidades.

- adorar - to adore
- amanecer - sunrise
- asomándose - peeking out
- cautela - caution
- desconocido - unknown
- expectativa - expectation
- helados - icy
- inolvidable - unforgettable
- malestar - discomfort
- mezcla - mixture
- nerviosismo - nervousness
- oculta - hidden
- postales - postcards
- sensación - feeling
- terrenos - terrains
- tierras - lands
- traviesan - they traverse

La exploración

Mientras avanzan por la cueva, el equipo queda maravillado por las formaciones de hielo que encuentran.

—Nunca he visto algo así —dice Ana, tocando suavemente una estalactita.

De repente, Carlos señala hacia la pared.

—Miren, hay pinturas aquí. ¿Creen que son antiguas? —pregunta, iluminando unos dibujos rupestres desconocidos.

El aire se enfría aún más, y una niebla densa comienza a formarse.

—Esto se pone cada vez más extraño —murmura Luisa, abrochándose la chaqueta.

Los dispositivos electrónicos del equipo empiezan a fallar sin razón aparente.

—Mi GPS dejó de funcionar —dice Miguel, frustrado.

José se detiene, escuchando.

—¿Escuchan eso? Son como... ecos —dice, confundido.

Una inquietud generalizada se apodera del grupo.

—Hay algo aquí que no me gusta —confiesa Ana.

Encuentran objetos extraños en el suelo.

—Esto no parece de este mundo —comenta Carlos, examinando uno de ellos.

La cueva se estrecha tanto que deben avanzar uno detrás del otro.

—Tengan cuidado por aquí —advierte José.

Luisa se sobresalta.

—Creo... creo que vi algo moverse —dice, señalando hacia la niebla.

Los sonidos extraños se vuelven más frecuentes, como susurros del pasado.

—Esto es escalofriante —dice Miguel, escuchando atentamente.

Descubren los restos de lo que parece ser una expedición pasada.

—¿Qué les habrá pasado? —pregunta Ana, mirando los restos dispersos.

Encuentran un diario entre los objetos.

—Habla de un descubrimiento... maldito —lee Carlos, con una linterna.

Todos sienten como si algo o alguien los siguiera.

—No estamos solos aquí —dice Luisa, nerviosa.

Un viento frío apaga de repente sus luces.

—¡Mis luces! —exclama Miguel.

A pesar del miedo que crece, deciden seguir adelante.

—Tenemos que averiguar qué está pasando —dice José con determinación.

- abrochándose - fastening
- aparente - apparent
- confundido - confused
- densa - dense
- desconocidos - unknown
- dispersos - scattered
- ecos - echoes
- escalofriante - chilling
- estalactita - stalactite
- extraños - strange
- fallar - to fail
- inquietud - unease
- linterna - flashlight
- maldito - cursed
- murmullos - murmurs

- sobresalta - startles
- susurros - whispers

La oscuridad

Atrapados en una negrura total, los científicos avanzan, guiándose más por intuición que por vista.

—Tenemos que seguir —susurra Ana, intentando no perder el ánimo.

El frío se intensifica, haciendo que sus respiraciones se vuelvan visibles.

—Nunca había sentido tanto frío —dice Carlos, temblando.

Los ecos de risas burlonas llenan el aire, aumentando el temor del grupo.

—¿Quién... quién está ahí? —pregunta Luisa, girando en círculos.

De repente, entran en una vasta sala subterránea, iluminada por su tenue luz restante.

—Estas estatuas... mirad sus caras —murmura Miguel, acercándose a una—. Parecen vivas.

La niebla se espesa, tomando formas humanas ante sus ojos.

—Es como si nos estuvieran mirando —dice José, retrocediendo.

Uno a uno, comienzan a notar la ausencia de sus compañeros.

—¿Dónde está Ana? —Carlos mira a su alrededor, alarmado.

Los que quedan oyen sus propios nombres susurrados desde las sombras, helándoles la sangre.

—Algo... algo me empujó —grita Luisa, casi cayendo.

Descubren un altar cubierto de inscripciones antiguas e indescifrables.

—Esto... esto no puede ser bueno —dice Miguel, examinando el altar con cautela.

El frío se hace aún más intenso, cubriendo sus equipos con una capa de hielo.

—Mira, hay luz allá —José señala hacia adelante, donde luces fantasmales parpadean.

Siguiendo las luces, encuentran una cámara sellada desde hace siglos.

—Deberíamos abrirla —dice Carlos, curioso a pesar del miedo.

Al abrir la cámara, una ola de energía oscura se libera, envolviéndolos en un grito silencioso.

—No puedo ver nada —grita Luisa, mientras la oscuridad consume todo rastro de luz.

Los científicos se encuentran ahora sumidos en una oscuridad abrumadora, con sus linternas y esperanzas ahogadas por un poder antiguo y maligno.

- acercándose - approaching
- antiguas - ancient
- burlonas - mocking
- capa - layer
- cayendo - falling
- consumir - to consume
- cubriendo - covering
- descubren - they discover
- espesa - thickens
- espíritu - spirit
- inscripciones - inscriptions
- intenso - intense
- libera - releases
- parpadean - blink
- retrocediendo - stepping back
- sumidos - plunged

- susurrados - whispered

El acecho

En la completa oscuridad, el reducido grupo de científicos avanza con dificultad, sintiendo una presencia inquietante.

—Algo... algo está aquí con nosotros —susurra José, su voz temblorosa en la oscuridad.

Los sonidos en la cueva cambian, volviéndose más amenazantes, como el arrastrar de algo enorme y pesado.

—¿Qué es eso? —pregunta Luisa, intentando localizar el origen del sonido con su linterna apagada.

Las alucinaciones comienzan a jugar con sus mentes, mostrándoles visiones distorsionadas de sus temores más profundos.

—No... esto no es real —dice Carlos, cerrando los ojos con fuerza.

El frío se hace aún más intenso, robándoles el aliento.

—No puedo... casi no puedo respirar —murmura Miguel, su respiración visible en el aire helado.

Intentan mantenerse cerca, pero la oscuridad y el miedo hacen difícil permanecer juntos.

—Mantengámonos unidos —insiste José, intentando agarrar la mano de alguien.

Cualquier intento de marcar su camino es inútil; las marcas en las paredes de la cueva desaparecen tan pronto como son hechas.

—Nuestras marcas... se han ido —dice Luisa, frustrada y asustada.

Los susurros malévolos se transforman en voces claras y amenazantes, cortando el silencio.

—Nos quieren... separar —dice Carlos, dándose cuenta de la táctica de su perseguidor.

De repente, se encuentran separados por barreras invisibles, sin poder alcanzarse entre sí.

—¡No puedo llegar hasta ti! —grita Miguel, luchando contra la fuerza invisible.

Mensajes de advertencia aparecen grabados en las paredes, hablando de una antigua maldición.

—Esto... esto habla de una maldición —lee Luisa, su voz temblorosa.

La sombra que los acecha comienza a tomar forma, revelando su magnitud.

—Es enorme —susurra José, su voz apenas un hilo.

Los ataques físicos se intensifican, empujones y golpes lanzados por una fuerza invisible.

—¡Algo me golpeó! —grita Carlos, cayendo al suelo.

El pánico se apodera de ellos, corriendo en direcciones aleatorias, intentando escapar.

—¡Tenemos que salir de aquí! —grita Luisa, desesperada.

Intentan llamar por ayuda, pero sus comunicadores no funcionan.

—No hay señal... estamos solos —dice Miguel, aceptando su situación desoladora.

Un sentimiento de desesperanza los envuelve completamente mientras la entidad malévola se cierra sobre ellos, dejándolos sin escapatoria.

- acecho - stalking
- agarrar - to grab
- aliento - breath
- alucinaciones - hallucinations
- arrastrar - to drag
- barreras - barriers

- desesperada - desperate
- desoladora - bleak
- distorsionadas - distorted
- fuerza - force
- golpe - blow
- inquietante - unsettling
- magnitud - magnitude
- maldición - curse
- malévola - malevolent
- perseguidor - pursuer
- señal - signal

La perdición

La oscuridad se intensifica, y de ella emerge una forma monstruosa, compuesta enteramente de sombras.

—Es... es real —dice José, retrocediendo.

Con valentía, aunque con poca esperanza, intentan luchar contra la entidad usando lo que tienen.

—¡Intentemos con las linternas! —grita Ana, aunque sin efecto alguno.

Los intentos de usar sus conocimientos científicos para contener a la entidad fracasan.

—Nada funciona —dice Luisa, desesperada.

Recuerdan los diarios de la expedición perdida y tratan de improvisar un ritual.

—Debe haber algo aquí que podamos usar —dice Carlos, hojeando frenéticamente las páginas.

El ambiente se llena de un coro de gritos, cada uno más agonizante que el último.

—No puedo soportarlo —grita Miguel, cubriéndose los oídos.

El suelo de la cueva se agrieta, liberando un frío que parece morder la piel.

—Está... está abriendo la tierra —dice José, aterrorizado.

Uno tras otro, los científicos son arrastrados hacia la oscuridad por las sombras.

—¡No! ¡Ayúdenme! —grita Ana, siendo la primera en desaparecer.

En un intento desesperado por sobrevivir, buscan la salida, pero la cueva parece cambiar ante sus ojos.

—Es un laberinto... nos está engañando —dice Luisa, llorando.

La entidad manipula sus mentes con ilusiones de seres queridos, llamándolos hacia la perdición.

—No les escuchen... no son reales —intenta advertir Carlos, pero su voz se pierde.

El frío se vuelve insoportable, paralizando sus movimientos y apagando la poca esperanza que les queda.

—Es... es el fin —susurra Miguel, aceptando su destino.

En sus últimos momentos, el miedo y el arrepentimiento inundan sus pensamientos, deseando haber nunca entrado.

La cueva se cierra, eliminando cualquier rastro de la entrada, como si nunca hubieran estado allí.

Los gritos desesperados de los científicos se apagan, engullidos por la eternidad de la cueva.

Con la cueva sellada nuevamente, la entidad oscura se retira a las sombras, satisfecha, a la espera de sus próximas víctimas.

- agonizante - agonizing
- agrieta - cracks
- arrepentimiento - regret
- aterrorizado - terrified
- compuesta - composed
- coro - chorus
- desaparecer - to disappear

- engañando - deceiving
- esperanza - hope
- eternidad - eternity
- fracasan - they fail
- improvisar - to improvise
- manipula - manipulates
- monstruosa - monstrous
- paralizando - paralyzing
- perdición - perdition
- satisfecha - satisfied

El eco del silencio

En el mundo exterior, la vida continúa, ajena a la tragedia que se ha desatado en las profundidades de la Antártida.

—¿Alguna noticia del equipo? —pregunta la esposa de José por teléfono, esperanza en su voz.

—Todavía nada. Estamos esperando —responde el coordinador de la base, su voz cargada de preocupación.

La base científica, tras días sin comunicación, declara oficialmente la desaparición del equipo.

—Hemos perdido todo contacto. Vamos a organizar equipos de búsqueda —anuncia el líder de la base ante los medios.

Expediciones se lanzan una tras otra, buscando cualquier rastro del equipo desaparecido.

—No hay señales de ellos, y los GPS no funcionan correctamente aquí —reporta un rescatista, frustrado.

Los diarios encontrados por los equipos de búsqueda son un rompecabezas sin solución.

—Esto no tiene sentido. ¿Qué estaban buscando? —murmura un investigador, examinando las páginas.

Quienes se acercan a la zona de la última transmisión sienten una opresión inquietante.

—Es como si algo no quisiera que estuviéramos aquí —comenta un miembro del equipo de rescate, nervioso.

Los equipos técnicos fallan constantemente, complicando aún más la búsqueda.

—Nuestros equipos nunca fallan así. Algo pasa aquí —dice otro rescatista, revisando su equipo dañado.

Algunos juran escuchar voces entre el viento helado, llamándolos, susurrando palabras indescifrables.

—¿Oíste eso? Son como... gritos —dice uno, pero el viento se lleva sus palabras.

Con el paso del tiempo, la entrada a la cueva ya no se encuentra, como si la tierra misma la hubiera reclamado.

—Aquí debería estar... pero se ha ido —observa el líder de una expedición, mirando el mapa confundido.

La historia del equipo perdido se convierte en leyenda, una advertencia para futuros exploradores.

—Esa cueva... es un lugar maldito —susurra un anciano del lugar a los curiosos.

La cueva y sus secretos permanecen en silencio, ocultos del mundo, como si nunca hubieran existido.

—Esperará... siempre esperará a los próximos —dice un científico, temeroso de lo desconocido.

Y mientras la entidad dentro de la cueva aguarda, satisfecha, los nombres del equipo se desvanecen en el tiempo, recordados solo por aquellos que los amaron, eco de un silencio eterno.

- aguarda - awaits
- ajena - unaware
- desvanecen - fade away
- eterno - eternal
- inquietante - unsettling
- leyenda - legend

- opresión - oppression
- reclamado - claimed
- rescatista - rescuer
- rompecabezas - puzzle
- temeroso - fearful
- tierra - land
- transmisión - transmission
- voces - voices
- viento - wind
- yacimiento - site
- zumbidos - buzzes

La eternidad en la oscuridad

La cueva, ahora un sello sobre el pasado trágico, guarda silencio en la inmensidad helada.

—Es como si nunca hubieran estado aquí —murmura un científico, observando el lugar sellado.

Las almas de los exploradores, perdidas en un ciclo sin fin, añaden su lamento al viento eterno.

—A veces, en la noche, puedes escuchar sus voces —dice un miembro del equipo de rescate, su voz baja.

La entidad, en las profundidades, crece en poder con cada alma que atrapa en su oscura red.

—Hemos hecho todo lo posible. Es hora de irnos —declara el líder del equipo, con resignación.

La comunidad cercana al lugar de la tragedia mira la zona con respeto y miedo.

—Esos sellos... ahora son un recordatorio de lo que pasó —comenta un lugareño, mirando las postales olvidadas.

Los diarios y notas, aunque archivados, sirven como un silencioso testamento de valentía y curiosidad.

—Deberíamos recordarlos, aprender de esto —sugiere un joven científico, hojeando los informes.

A lo lejos, las historias sobre la cueva maldita se convierten en leyendas, enseñanzas para el futuro.

—Nunca se sabe qué es lo que espera en la oscuridad —advierte un anciano, contando la historia a los niños.

Bajo el hielo, la entidad aguarda, eterna, siempre hambrienta por más almas que vaguen hacia su dominio.

—La Antártida tiene muchos secretos, algunos mejor dejarlos descubrir —comenta otro explorador, mirando hacia el horizonte.

Los ecos de la desaparición resuenan en la comunidad científica, una advertencia sombría para aquellos que buscan desentrañar los misterios del mundo.

—Recordaremos, pero seguimos adelante —dice un colega, cerrando el archivo del equipo desaparecido.

La cueva, sus secretos y las almas perdidas quedan en el olvido, un capítulo oscuro y cerrado, pero la puerta a la curiosidad y la tragedia permanece abierta, esperando a los próximos que se atrevan a explorar.

- añaden - add
- archivados - archived
- contando - telling
- curiosidad - curiosity
- dominio - domain
- historias - stories
- inmensidad - vastness
- lugareño - local
- olvidadas - forgotten
- recordatorio - reminder
- respeto - respect
- sombrío - gloomy
- testamento - testament

- trágico - tragic
- vaguen - wander
- valentía - bravery
- vendiendo - selling

Risas Bajo Tierra: Un Revuelo en Hades

El Ingreso Inesperado

En las profundidades de Hades, un lugar donde la esperanza parecía olvidada, algo extraordinario estaba por suceder.

—Este lugar siempre es tan... aburrido —murmura un alma antigua, sus palabras perdidas en el vacío.

Hades, con su mirada severa, inspecciona su reino, un reflejo de su propio corazón eternamente sombrío.

—Todo está en orden, como debe ser —declara con voz profunda, sin imaginar lo que estaba por venir.

De repente, una luz inusual rompe la monotonía del inframundo. Son Laurel y Hardy, llegando con una entrada menos que sutil.

—¿Dónde estamos? —pregunta Laurel, mirando alrededor con curiosidad.

—Parece que tomamos el camino equivocado... otra vez —responde Hardy, intentando leer un mapa al revés.

Su llegada no pasa desapercibida. Las almas, acostumbradas a la tristeza, se detienen, confundidas por el sonido desconocido que rompe el silencio: la risa.

—¿Qué es ese ruido? —Hades frunce el ceño, sorprendido por su propia reacción al oírlos.

Mientras Laurel tropieza y Hardy intenta ayudarlo, sin éxito, ambos caen en un acto accidental de comedia, provocando aún más risas entre las sombras.

—No sé qué es esto, pero me gusta —comenta un alma, acercándose con interés.

Intentando adaptarse, la pareja comienza a explorar, causando caos y carcajadas a su paso.

—Quizás podamos hacer un espectáculo aquí —sugiere Hardy con una sonrisa.

Hades, al principio molesto por la alteración de su orden perfecto, no puede evitar soltar una carcajada ante las ocurrencias de los recién llegados.

—Esto... esto no está tan mal —admite, sintiendo una extraña calidez en su corazón.

La noticia del cambio en Hades se esparce como un eco, despertando curiosidad y esperanza.

—¿Risas en Hades? Debo ver esto por mí mismo —dice una deidad menor, intrigada.

Sin embargo, no todos ven con buenos ojos este nuevo giro.

—Debemos detener esto antes de que se salga de control —conspira un grupo de almas descontentas.

Ante esta disyuntiva, Hades se ve enfrentado a una decisión crucial: aferrarse a las viejas costumbres o darle la bienvenida a esta nueva era de alegría.

—Tal vez sea tiempo de un cambio —reflexiona, observando cómo su reino se transforma lentamente bajo la influencia de la risa y la comedia.

- aburrido - boring
- acto - act
- alteración - disruption
- calidez - warmth
- ceño - frown
- comedia - comedy
- confundidas - confused
- curiosidad - curiosity
- disyuntiva - dilemma
- esparce - spreads
- espectáculo - show
- intrépidas - intrepid
- inusual - unusual
- monotonia - monotony

- ocurrente - witty
- perfecto - perfect
- sombrío - gloomy

La Conspiración de las Sombras

En las profundidades de Hades, donde la eternidad parece detenerse, un grupo de almas antiguas se reúne en secreto.

—Esta alegría es una amenaza para nuestra existencia —dice una alma, mirando a sus compañeros.

—Debemos actuar. Hades debe volver a ser un lugar de tristeza y melancolía —responde otra, determinada.

Mientras tanto, Laurel y Hardy, sin darse cuenta, se tropiezan con la reunión.

—Oh, disculpen, ¿estábamos interrumpiendo algo? —pregunta Laurel con una sonrisa inocente.

Los conspiradores se miran entre sí, furiosos por la interrupción.

—Esto no se quedará así. Prepararemos trampas para ellos —susurra uno, ideando un plan malévolo.

Hades observa desde lejos, preocupado pero curioso por ver qué sucederá.

Las trampas están listas, escondidas en las sombras, esperando a la desprevenida pareja.

—Cuidado, Laurel —advierte Hardy, justo a tiempo para evitar una caída cómica.

Sin embargo, cada trampa solo añade más humor a la situación, convirtiendo el peligro en risas.

—No entiendo cómo pueden seguir riendo —se queja un conspirador, viendo su plan fallar.

Hades, a pesar de su posición, no puede evitar sonreír ante las payasadas de la pareja.

—Quizás este lugar necesitaba un poco de risa después de todo —piensa para sí mismo.

Pero los conspiradores dan un golpe bajo, capturando a Laurel y dejando a Hardy solo.

—¡Laurel! ¡No te preocupes, te encontraré! —grita Hardy, decidido.

Hardy emprende su búsqueda, encontrando almas en su camino que nunca habían experimentado la felicidad.

—¿Risas? ¿En Hades? —pregunta una alma, intrigada por Hardy.

Cada alma que Hardy encuentra decide ayudarlo, conmovida por su determinación y la amistad que comparte con Laurel.

—Tu amigo debe ser muy especial —comenta una alma, uniéndose a la búsqueda.

Mientras tanto, los conspiradores observan, preocupados de que su plan esté fallando.

—Si encuentra a Laurel, todo habrá sido en vano —dice uno, temiendo lo peor.

Hardy enfrenta cada desafío con ingenio, superando obstáculos que ponen a prueba su astucia y su corazón.

—Por Laurel, haré lo que sea necesario —afirma Hardy, con la esperanza brillando en sus ojos.

- alegría - joy
- amenaza - threat
- astucia - cunning
- cómica - comedic
- curioso - curious
- determinado - determined
- en vano - in vain
- furioso - furious
- golpe - blow

- ideando - devising
- ingenio - wit
- malévolo - malevolent
- melancolía - melancholy
- peligro - danger
- preocupado - worried
- trampa - trap
- vano - vain

El Laberinto de la Desesperación

Guiado por las almas amigables, Hardy se adentra en el laberinto oscuro, lleno de sombras y confusión.

—¿Estás seguro de que es por aquí? ¡No veo nada! —exclama Hardy, tratando de encontrar su camino.

—Sí, sí, por aquí, ¡sígueme! —responde una de las almas, tratando de orientarlo.

El laberinto parece tener vida propia, cambiando su forma para confundir a los intrépidos exploradores.

—¡Cuidado, Hardy, una trampa! —grita una de las almas, viendo una ilusión peligrosa frente a ellos.

—¡Ah, casi caigo en esa! Gracias por el aviso —dice Hardy, esquivando hábilmente la trampa.

Mientras tanto, Laurel, atrapado en otro lugar del laberinto, intenta llamar la atención de Hardy de una manera cómica.

—¿Qué haces, Laurel? ¡Estás actuando como si estuviéramos filmando una película! —exclama Hardy, tratando de entender las señales de su amigo.

—¡Necesito que me saques de aquí, Hardy, antes de que las sombras me vuelvan loco! —responde Laurel, con una sonilla nerviosa.

Hardy, utilizando su astucia y su buen humor, avanza con determinación, sorteando cada trampa y obstáculo en su camino.

—¡Eso es! ¡Estás haciendo un trabajo increíble! —anima una de las almas, admirando la valentía de Hardy.

Finalmente, llegan al centro del laberinto, donde una figura temible los espera.

—¿Quién eres tú? ¿Qué haces aquí? —pregunta el guardián del laberinto, con voz profunda y amenazante.

—Soy Hardy, el comediante, y vengo a rescatar a mi amigo. ¿Y tú? ¿Eres el jefe de las sombras? —responde Hardy, con una sonrisa desafiante.

Las almas observan con atención, temiendo por el destino de Hardy y Laurel.

—¡Hades debe estar al tanto de esto! —comenta una de las almas, preocupada por lo que sucederá.

Con ingenio y humor, Hardy logra distraer al guardián, haciéndolo reír hasta que finalmente decide dejarlos pasar.

—¡Lo logramos, Laurel! ¡Salgamos de este lugar oscuro! —exclama Hardy, emocionado por su éxito.

Al salir del laberinto, son recibidos por las almas con alegría y alivio.

—¡Gracias por salvarnos, Hardy! ¡Eres un verdadero héroe! —agradece Laurel, abrazando a su amigo.

Los conspiradores, viendo su plan fracasado, comienzan a desvanecerse en la oscuridad, derrotados por la determinación de Laurel y Hardy.

—¡Misión fallida! ¡Hades no nos perdonará por esto! —se lamenta uno de los conspiradores, desapareciendo en las sombras.

Hades, observando desde lejos, se acerca a Laurel y Hardy, impresionado por su valentía y su capacidad para traer un poco de luz al sombrío reino de Hades.

—¡Bien hecho, Laurel y Hardy! Parece que mi reino necesita un cambio después de todo —comenta Hades, sorprendiendo a todos con sus palabras.

- adentrarse - to venture into
- desvanecerse - to fade away
- determinación - determination
- distraer - to distract
- filmando - filming
- impresionado - impressed
- intrépido - fearless
- jefe - boss
- laberinto - maze
- sombrío - gloomy
- sonilla - nervousness
- temible - fearsome
- temiendo - fearing
- valentía - bravery
- ventura - luck
- voz - voice
- yacer - to lie

La Revolución de la Risa

Hades, impresionado por el impacto de Laurel y Hardy, toma una decisión inesperada.

—Queridas almas del inframundo, escúchenme —anuncia Hades, llamando la atención de todos—. A partir de hoy, Laurel y Hardy permanecerán aquí en el reino de las sombras para traer alegría y risas a nuestras vidas.

—¡¿Qué?! ¡¿Estás bromeando?! —exclama una de las almas, sorprendida por la noticia.

—No, no estoy bromeando. Creo que es hora de un cambio en Hades —responde Hades, con una sonrisa en su rostro.

Las almas presentes comienzan a murmurar entre sí, sorprendidas por la decisión del rey de los muertos.

—¡Esto es increíble! ¡Nunca pensé que vería el día en que Hades sonríe! —comenta una de las almas, emocionada por el cambio.

Mientras tanto, los conspiradores, derrotados por la determinación de Laurel y Hardy, se retiran a las sombras, murmurando sus descontentos.

—¿Qué vamos a hacer ahora? —pregunta uno de los conspiradores, preocupado por el futuro.

—No lo sé, pero parece que nuestro tiempo ha terminado. Quizás sea hora de aceptar el cambio —responde otro conspirador, resignado.

Hades invita a Laurel y Hardy a realizar un gran espectáculo para todo el inframundo, marcando un hito en la historia de Hades.

—¡Estamos listos para hacer reír a las almas del inframundo! —exclama Hardy, emocionado por la oportunidad de alegrar el sombrío reino.

Preparan un acto cómico que promete ser recordado a través de las eras, utilizando chistes, acrobacias, y travesuras para divertir a la audiencia.

El día del espectáculo, una multitud de almas se reúne para verlos, ansiosos por presenciar el espectáculo.

—¡Espero que sea tan bueno como dicen! —comenta una de las almas, emocionada por lo que está por venir.

Laurel y Hardy realizan su mejor acto, llenando Hades de carcajadas y risas contagiosas.

—¡Eso es! ¡Son geniales! —exclama una de las almas, aplaudiendo emocionada.

Hasta Hades mismo se ríe con tal fuerza que el reino entero tiembla, marcando un momento histórico para el inframundo.

—¡Gracias, Laurel y Hardy, por traer la alegría a mi reino! —agradece Hades, con gratitud en su voz.

La alegría se instala en Hades, marcando el comienzo de una nueva era llena de risas y diversión para todas las almas del inframundo.

- acrobacias - acrobatics
- ansiosos - eager
- bromeando - joking
- descontentos - discontent
- derrotados - defeated
- fuerza - strength
- gratitud - gratitude
- hito - milestone
- instala - installs
- murmurar - to murmur
- presentes - present
- promete - promises
- resignado - resigned
- retiran - withdraw
- reír - to laugh
- sombrío - gloomy
- travesuras - mischief

La Sombra Persistente

A pesar de la alegría que Laurel y Hardy han traído a Hades, una sombra oscura persiste en el inframundo, resistiéndose al cambio.

—Parece que no todos están contentos con nuestra presencia aquí —comenta Laurel, observando la tensión en el ambiente.

—Sí, hay algo extraño en el aire. ¿Crees que alguien está tramando algo? —responde Hardy, frunciendo el ceño con preocupación.

Mientras tanto, algunas almas antiguas conspiran nuevamente en las sombras, decididas a restaurar la melancolía en Hades.

—Debemos detener este absurdo espectáculo de una vez por todas. Hades no debería ser un lugar de risas y alegría —susurra una de las almas conspiradoras, con determinación en su voz.

—Estoy de acuerdo. Vamos a sabotear el próximo espectáculo de Laurel y Hardy. Eso los hará desaparecer de una vez por todas —responde otra alma, con malicia en sus ojos.

Hades, alertado por sus espías, se prepara para proteger a la dupla de cómicos.

—Debemos asegurarnos de que Laurel y Hardy estén a salvo. No podemos permitir que nada los lastime —declara Hades, preocupado por el bienestar de los intrépidos comediantes.

Laurel y Hardy, conscientes del peligro, deciden enfrentar la situación con humor y valentía.

—No podemos dejar que estos conspiradores arruinen nuestro espectáculo. Vamos a hacerles frente con nuestra mejor arma: ¡el humor! —exclama Laurel, con determinación en su voz.

—¡Exactamente! Hagamos que cada trampa sea parte de nuestro acto. ¡Nada puede detener nuestra comedia! —responde Hardy, con una sonrisa en su rostro.

La noche antes del espectáculo, las trampas están listas para ser activadas, pero Laurel y Hardy las utilizan de manera ingeniosa, convirtiéndolas en los puntos culminantes de su actuación.

—¡Ja, ja, ja! ¡No esperaban esto, ¿verdad?! —exclama Laurel, mientras esquiva una trampa con gracia.

—¡Están cayendo en nuestras bromas! ¡Ja, ja, ja! —ríe Hardy, mientras convierte una trampa en un momento cómico.

La sombra oscura se da cuenta de que no puede combatir la alegría con tristeza, y sus intentos de sabotaje terminan siendo en vano.

Hades confronta a las almas conspiradoras, ofreciéndoles una última oportunidad de cambio.

—Todavía hay esperanza para ustedes. Únanse a la alegría y la luz que Laurel y Hardy han traído a Hades —les insta Hades, con compasión en su voz.

Inspiradas por la misericordia de Hades, algunas almas deciden unirse a la alegría, mientras que otras, incapaces de cambiar, son enviadas a un rincón distante de Hades.

Laurel y Hardy son aclamados como héroes del inframundo, y Hades se da cuenta de que incluso en la oscuridad, la luz puede encontrar su camino.

El inframundo, ahora lleno de risas y luz, se transforma en un lugar de descanso más amable para las almas, gracias a la valentía y la determinación de Laurel y Hardy.

- absurdo - absurd
- alertado - alerted
- compasión - compassion
- conspiran - they conspire
- determinación - determination
- espías - spies
- malicia - malice
- melancolía - melancholy
- misericordia - mercy
- oscuridad - darkness
- peligro - danger
- resistiéndose - resisting
- sabotear - to sabotage
- tensión - tension
- tramando - plotting
- valentía - bravery
- vano - in vain

El Último Acto

Con Hades transformado en un lugar de alegría, Laurel y Hardy se preparan para su acto final, deseando dejar un legado de risas que perdure después de su partida.

—¡Qué emocionante es saber que nuestro humor vivirá para siempre en Hades! —exclama Hardy, con entusiasmo en su voz.

—¡Sí, es increíble! Nunca imaginé que nuestro destino nos llevaría a convertirnos en guardianes de la alegría en el inframundo —responde Laurel, con una sonrisa.

Hades les ofrece un lugar especial en su reino, como guardianes de la alegría, agradecido por el cambio que han traído.

—Estoy profundamente conmovido por su generosidad, Hades. Prometemos proteger la alegría aquí en el inframundo —afirma Laurel, con gratitud en su voz.

—Su presencia ha traído luz a mi reino. Estoy agradecido de tenerlos aquí —responde Hades, con una expresión de paz en su rostro.

Las almas se reúnen para presenciar el último espectáculo de la legendaria dupla.

—¡Estoy emocionado por ver su actuación final! ¡Seguro será memorable! —exclama una de las almas, con anticipación en su voz.

—¡Sí, será una despedida digna de recordar por toda la eternidad! —responde otra alma, con una sonrisa.

Antes del espectáculo, Laurel y Hardy reflexionan sobre su viaje inesperado.

—Ha sido un viaje extraordinario, ¿no crees? —comenta Hardy, mirando a su amigo con cariño.

—Sí, definitivamente. Quién iba a pensar que terminaríamos aquí, en el inframundo, haciendo reír a las almas perdidas —responde Laurel, con nostalgia en su voz.

Comienzan su acto con una serie de trucos y bromas, cada uno más hilarante que el último, llenando el aire con risas y alegría.

—¡Ja, ja, ja! ¡Son geniales, nunca me canso de verlos! —exclama una de las almas, riendo a carcajadas.

—¡Son los mejores comediantes que Hades haya visto! —agrega otra alma, aplaudiendo emocionada.

Hades, viendo su última actuación, se siente agradecido por el cambio que han traído.

—Gracias, Laurel y Hardy, por traer luz a mi reino. Nunca los olvidaré —dice Hades, con sinceridad en su voz.

Al final del espectáculo, Laurel y Hardy anuncian que se quedarán en Hades, protegiendo la alegría.

—¡Seguro que estarán en buenas manos con ellos! —comenta una de las almas, con una sonrisa en su rostro.

—¡Sí, ahora podemos disfrutar de la alegría para siempre! —añade otra alma, feliz.

Las almas celebran, felices de que la presencia de Laurel y Hardy continúe en el inframundo.

—¡Brindemos por Laurel y Hardy, los guardianes de la alegría en Hades! —exclama una de las almas, levantando su copa.

Hades les otorga un espacio eterno donde pueden descansar y al mismo tiempo alegrar, asegurando que su legado perdurará por toda la eternidad.

—Descansen en paz, queridos amigos. Su legado vivirá para siempre en Hades —dice Hades, con respeto en su voz.

Otras deidades escuchan sobre la transformación de Hades y visitan para experimentar la alegría.

—¡Vaya, esto es maravilloso! ¡Nunca imaginé que Hades pudiera ser tan divertido! —exclama una de las deidades, riendo alegremente.

Laurel y Hardy realizan actos privados para las deidades, extendiendo su influencia y llevando risas a todos los rincones del inframundo.

—¡Son increíbles! ¡Realmente han cambiado Hades para mejor! —comenta una de las deidades, impresionada por su actuación.

Con el tiempo, Laurel y Hardy se convierten en leyendas, los santos patrones de la alegría en el inframundo, inspirando a futuras almas a llevar luz a la oscuridad.

—¡Gracias, Laurel y Hardy, por recordarnos que incluso en el lugar más sombrío puede haber alegría! —exclama una de las almas, con gratitud en su voz.

Hades, una vez un lugar de tristeza eterna, ahora es un ejemplo de cómo incluso el lugar más sombrío puede ser transformado por el poder de la risa, gracias a la valentía y la determinación de Laurel y Hardy.

- agradecido - grateful
- antelación - anticipation
- carcajadas - laughter
- despedida - farewell
- digna - worthy
- eterno - eternal
- inesperado - unexpected
- influencia - influence
- legado - legacy
- nostalgia - nostalgia
- otorga - grants
- patrones - patrons
- privados - private
- sinceridad - sincerity
- sombrío - gloomy
- trucos - tricks
- viendo - seeing

La Eternidad Resplandeciente

Los años pasan, pero la influencia de Laurel y Hardy permanece inquebrantable en Hades, el reino de las sombras.

—¿Has oído hablar de Laurel y Hardy? ¡Dicen que trajeron risas al inframundo! —comenta una de las almas nuevas, con curiosidad en su voz.

—¡Sí, son leyendas aquí! ¡Sus actos cómicos transformaron este lugar! —responde otra alma, con admiración.

Hades, ahora un reino de luz y sombras, equilibra la alegría con la solemnidad, creando un ambiente único.

—¡Qué agradable es vivir en un lugar tan animado! ¡Nunca hubiera imaginado que Hades pudiera ser así! —exclama una de las almas, sorprendida por el cambio.

—Sí, gracias a Laurel y Hardy, ahora tenemos un lugar más acogedor para pasar la eternidad —añade otra alma, con gratitud.

Las estatuas de Laurel y Hardy se erigen en Hades, recordatorios permanentes de su impacto en el reino.

—¡Es increíble ver cómo dos simples comediantes pueden cambiar todo un reino! —comenta una de las almas, admirando las estatuas.

—Sí, su legado perdurará por toda la eternidad —responde otra alma, con reverencia.

Anualmente, se celebra un festival en su honor, llenando Hades de risas y espectáculos.

—¡Estoy emocionado por el festival de este año! ¡Seguro será increíble! —exclama una de las almas, con anticipación en su voz.

—Sí, es el evento más esperado del año. ¡La diversión está garantizada! —añade otra alma, sonriendo.

Los conspiradores restantes han disminuido, algunos incluso convertidos por la atmósfera de felicidad en Hades.

—¡No puedo creer que alguna vez hayamos querido devolver la tristeza a este lugar! ¡La alegría es mucho mejor! —comenta uno de los conspiradores convertidos, con arrepentimiento en su voz.

—Sí, gracias a Laurel y Hardy, ahora podemos disfrutar de la vida después de la muerte de una manera completamente nueva —añade otro conspirador, con una sonrisa en su rostro.

En la eternidad resplandeciente de Hades, la risa y la alegría son ahora tan eternas como las almas que la habitan, un testimonio del legado inmortal de Laurel y Hardy, quienes, aunque físicamente ausentes, siguen viviendo en cada rincón de este reino transformado.

- acogedor - cozy
- animado - lively
- ausentes - absent
- equilibra - balances
- evento - event
- felicidad - happiness
- festival - festival
- físicamente - physically
- garantizada - guaranteed
- inquebrantable - unbreakable
- leyendas - legends
- perdurará - will endure
- permanece - remains
- reverencia - reverence
- solemnidad - solemnity
- testimonio - testimony
- transformado - transformed

Spanish Graded Readers

For more books and E-book options visit:

www.briansmith.de